U0940179

魅丽文化
花火工作室

偏见先生

Mr.Prejudice

丘迟 著

江苏凤凰文艺出版社
JIANGSU PHOENIX LITERATURE AND ART PUBLISHING, LTD

图书在版编目（CIP）数据

偏见先生 / 丘迟著. — 南京 ： 江苏凤凰文艺出版社，2018.10

ISBN 978-7-5594-2731-1

Ⅰ. ①偏… Ⅱ. ①丘… Ⅲ. ①长篇小说－中国－当代 Ⅳ. ①I247.5

中国版本图书馆CIP数据核字(2018)第186287号

书　　名	偏见先生
作　　者	丘　迟
出版统筹	汪修荣　邹立勋
选题策划	喻　戎
责任编辑	胡小河　姚　丽
文字编辑	吴　龄
责任监制	刘　巍　江伟明
出版发行	江苏凤凰文艺出版社
出版社地址	南京市中央路165号，邮编：210009
出版社网址	http://www.jswenyi.com
印　　刷	湖南凌宇纸品有限公司
开　　本	880mm×1230mm 1/32
字　　数	150千字
印　　张	8
版　　次	2018年10月第1版，2018年10月第1次印刷
标准书号	ISBN 978-7-5594-2731-1
定　　价	36.80元

（江苏凤凰文艺版图书凡印刷、装订错误可随时向承印厂调换）

Mr. Prejudice

目录
CONTENTS

Mr. Prejudice

目录
CONTENTS

第一章

从前有个制作人

关澜从饭局脱身的时候，天色已经不早。

今天席间这几位老板，都是酒场上混出来的油子，劝起酒来漂亮话一套一套的，关澜到底是个搞艺术的，出来工作这么多年，仍然不太招架得住，喝得有点上头。

好不容易离了席，关澜被东家的助理追出来拦下，被硬塞了一张房卡。人家话说得周到又体贴：关老师喝了酒不能开车，毕竟是个公众人物，也不好随便在外面找代驾。天已经这么晚了，就在这儿住下吧，房间给您开好啦，好好休息一晚，明天回家也不迟。

关澜礼貌性地推让了两回合，最终抵挡不住对方的盛情，拿了房卡上了楼。

一进门发现灯开着，他就觉得哪里不对，一抬眼，床边上坐了个年轻姑娘，正一脸错愕地望着他。

关澜一脑袋的酒意瞬间醒了一半。

他回身把房门开到最大，这是他在这一行从业多年的本能反应：这房门要是一关上，他可就什么都说不清了。

关澜："你是住这间的吗？不好意思，可能是我拿错房卡了，我去找他们问问。"

姑娘："哎，等会儿……你是不是关澜老师啊？"

关澜之前长期在幕后工作，最近一阵子媒体出场活动才多了一些，被人认出来也不太稀奇。

不过他定睛看了看，这个姑娘好像有些眼熟。

关澜："你是……《下一站歌王》的选手？"

《下一站歌王》是最近热播的音乐选秀节目，关澜是节目的评委之一。刚刚的饭局，做东的就是节目的制片方和投资商。

姑娘盯着他，不知道想到了什么，突然跟受了惊的兔子似的跳起来：“关、关老师，那你先休息，我、我就先走了……”

关澜：“那怎么行呢？这是你的房间，是我走错了，我下去问问怎么回事。你休息吧，抱歉打扰到你了。”

他出了门，酒意又散了一些，也想起了姑娘的名字，于是回头说：“岳星是吧，你唱得不错，加油。”

姑娘睁大眼睛看着他，脸有点红。

岳星：“谢谢……谢谢关老师。”

嘴上这么说，她关门的动作可是一点都没慢下来。关澜还听见了“咔嗒”一声，她还把门给反锁了。虽然知道这是女孩子为了自己的安全着想，无可厚非，但关澜心里还是免不了有些撮火。

他可不觉得，投资方那个一脸精明的总经理助理会犯给错房卡这么低级的错误。

现在冷静下来稍微一想，他就明白是怎么回事了。

关澜，金牌音乐制作人，天龙娱乐集团音乐事业部总监、天龙唱片公司常务副总，因热衷于各种地下潜规则而在圈内知名，传说中他跟半个华语乐坛的艺人歌手都有不可言说的特殊关系。

他下楼，把那个姓白的总助叫到了酒店大堂的茶座，两个人相对坐下。

关澜和颜悦色：“来，小白，别紧张。刘总他们一时半会儿还喝不完呢吧？咱们两个先好好聊聊。”

白林：“没有，关老师，我没紧张，就是有点惊讶，您上楼后这么快就下来了，是房间不合心意吗？”

关澜一听他这话，心里就更笃定了。

关澜："合不合心意先不说，就是吓了一跳，你跟我说给我开了间房，可没告诉我房间里还有个人啊。"

白林微笑："您说岳星啊——也是我们刘总看好她，有心想栽培她。这姑娘自己也上进，知道关老师是当今业内水平最高的大师，特崇拜您，早就想找个机会让您单独指导一下呢。"

关澜也微笑："那还真是劳刘总和你费心了呢。"

白林看他似乎并没有生气，遂放下心来："哪里哪里，应该做的。"

关澜："既然你们有心牵线，我也得让你们知道一下我这边的规矩。"

这个事儿还有"规矩"，白林听着也新鲜，做出了一副虚心请教的样子。

关澜："跟着我的人，由上到下，分为一后、二贵妃、四妃、八嫔、十六昭仪、三十二婕妤，下设美人和才人数额不限。不同的位分有不同的月俸待遇，每年年终，我会根据各人的资历和表现进行位分的升降。到了婕妤，才能签约到我公司，昭仪出单曲，嫔能出专辑，到了妃位，我亲自给她写主打歌。"

见多识广如白林，也不由得震惊了。他瞪大了双眼，满脸写着"我以前单单知道你们有钱人会玩，没想到居然这么会玩"。

关澜："就算要从最低位分的才人做起，那也不是随便什么人都能跟着我的。我这边选秀，有严格的渠道和流程，你这样随便给我塞人，坏了我后宫的规矩，让我很难办。"

白林："那您选秀是怎么个流程呢？"

关澜用一种奇异的目光看着他。

我这么胡说八道，你该不会是当真了吧？

关澜：“这样，我给你个邮箱地址，你先把简历发过去。”

要说白总助的工作效率就是高。第二天一早，关澜就接到了自己助理任晓飞的电话：

“关总，我刚收到恒星卫视那边发来的简历，是我们接下来要签约的艺人吗？他们发的这个简历怪怪的，附件里不是作品集，而是一堆莫名其妙的个人写真，图片清晰度还特别高，害我下载了半天……”

关澜就把昨天的乌龙事跟他讲了。

任大助听完一阵沉默，然后用最委婉的表达方式提醒他家老板：“我觉得您赶他走的方式，不太合适。”

关澜：“哪里不合适了？”

任晓飞：“他出去会跟别人乱说的。”

关澜：“我都说得这么荒唐、这么脱离现实了，一听就是胡说八道啊！他还能相信？他是傻吗？”

任晓飞：“根据您的描述，他应该挺傻的。”

关澜：“那听他说的人能相信？别人都傻吗？”

任晓飞：“根据以往的情况，别人也普遍不太聪明。”

关澜想起自己的名声是怎么坏掉的，也沉默了。

沉默，沉默是今晚的康桥。

关澜不甘心地挣扎：“那我能怎么办，我也没别的办法呀。”

任晓飞憋不住，吐槽他：“您可以像个正常人那样，义正词严地拒绝他，跟他说‘你看错我了，我不是那种人，你再这样我就报警了’——这样。”

关澜恍悟：“哦，原来还可以这样做！”

任晓飞心中流下血泪。老板，跪求您不要作死了，挺正派的一个人，现在名声这么差，您以为是因为什么呀？

关澜是什么时候有了“业界毒瘤”这种不光彩的名声的，他自己也找不出个确切的时间点，大概就是在他事业最顺遂，逐渐开始做出金牌制作人招牌的那段时间。那一阵子，他写的歌大火，在金曲榜上霸榜十周，十周之后掉下榜首，新榜首还是他的歌。金曲榜前十位里，总有三四首不是他写的就是他制作的，这样的情况持续了一年多。

那段时间他也是十分膨胀，加上他本来就口无遮拦，于是没少说什么“半个华语乐坛都是我的后宫”之类的话。

他当时的想法跟现在一样，这种话，一听就是胡吹，根本不会有人信的。

但在这个无风能起三尺浪的圈子里，你今天说一句“李小花挺好看的”，明天就能传成“你想对李小花不轨”，后天就变成“你跟李小花已经有了特殊关系”。再假的事情，也都是越传越真。

于是，没有一点点防备，他的名声就这样坏掉了。

人生无常，不作不死，大抵如此。

关澜挂了电话，趴在酒店的大床上，开始刷微博。

《下一站歌王》一经播出，他涨了很多粉。

选秀节目的评委设置一般是这样的：一个慈母型，一般是女评委，和颜悦色、亲切真诚，教人如沐春风，用温暖的微笑鼓励每位选手，点评出来谁都是一身优点；一个严父型，话少，没有表情，点评专业中肯、有理有据；还有一个疯狗型，见谁怼谁，戏都在他身上。

关澜的人设，就是怼人的那个。

他作为一个朴实的幕后工作者，不太把握得住现在年轻人的萌点，这是头一次知道，在电视上怼人还能圈粉。

有人整理出了关澜怼人的合集，图文并茂：

“你唱的这首歌是我写的，所以我特别了解这首歌的定位，当初写的时候，就是冲着KTV金曲去的。你知道什么叫KTV金曲吗？就是要确保人人都能唱，听一遍就能学会，旋律简单，没有技术难度。我认为你在歌唱比赛中选这么一首歌，就像在钢琴比赛中弹了一曲《玛丽有只小羊羔》，你弹得再熟练，我也不能给你分。

“我一般不建议选手们选择说唱，不是因为说唱不好，相反，是因为很多人都低估了说唱的技术难度，认为说比唱简单，导致身上有一股谜之自信，上了台既辣眼睛又辣耳朵。你刚才这段说唱，听得我尴尬癌都犯了。

“姑娘，你嗓音条件不错，音域挺宽，高音很稳，所以我给你通过，不过我还是要给你个建议，回去一定把普通话练好，起码平卷舌要咬准，发音不准非常致命，容易让观众分心。刚刚我听你唱歌，一直在想这歌为什么要唱‘在大海里走私’，等我终于想到其实是‘在大海里走失’，半首歌都过去了。”

关澜一脸冷漠地怼人的截图被制成了表情包，有不少新粉去搜索了他的作品，发现有这么多眼熟、耳熟的歌都是他写的，就开始带起了“明明可以靠脸，却偏偏要靠才华”的节奏。他俨然成了新晋网红。

然后，一些混迹娱乐论坛多年、熟悉圈内各类八卦的“娱乐圈纪检委”就不干了，他们简直不敢相信，关澜这样人品低劣的渣滓败类还能有火的一天，现在的人还有没有三观了？！他们觉得自己有责任拯救广大不明真相的群众，要在众人面前揭露他的恶行。

关澜先前只是对自己有一个“名声很不好”的印象，但像网上这样条分缕析详细整理他所有“罪行”的帖子，他还是第一次看。看完他自己都震惊了，各种乱七八糟的营销号为了点击率，把他描述成一个将半个华语乐坛都纳入后宫，利欲熏心又贪慕虚荣的制作人，更绘声绘色地描写他和其他歌手艺人的各种桃色八卦。

大牌一点的艺人，不良营销号因为怕得罪粉丝，不敢写得太实，只是说关澜和他们“关系亲密”；没什么名气的小歌手，那营销号可是个个不放过，开始疯狂八卦他们和关澜的关系。

在这个莫名其妙的帖子里，关澜从一个兢兢业业的唱片制作人变成一个道德败坏、人品卑劣的业界毒瘤，不止“热衷潜规则”这一桩恶行，他还利用手中的人脉资源，企图把持娱乐圈的半壁江山。就比如他捧出来的第一个艺人周骏卓，那就是他的“嫡系”，上学时就认识，私交甚笃。别的艺人呢，一定也跟他有某种利益纠葛和裙带关系，不然没点好处，为什么捧你？

帖子里还用翔实的图文论证了，一个去年出道的叫作“NEXT”的偶像团体，里面的四个小偶像，个个跟关澜有着金钱上的利益关系。

一个新晋偶像团体，可能名气不大，粉丝不多，但他家的粉丝，一定是非常有战斗力的。

于是帖子下面硝烟四起，众人互相撕扯了起来。

关澜没兴趣看人吵架，就关掉了电脑。

看完这篇纯粹为博人眼球而胡乱造谣的帖子，关澜内心还是有些郁闷的，不知道自己到底暗地里得罪谁了，对方要这样无中生有，这样将他置于死地。但说实话，他的名声被黑这件事，虽然令人郁闷，却也并没有多么致命。

他跟艺人们不一样。艺人是靠观众养活的，公众形象差了，导致观众不买你的账，这对事业有着直接的打击，而他跟观众到底隔了一层，他的客户是歌手，或者说是歌手的经纪公司。这些人不会管你是不是劈腿劈成了八脚蜘蛛，只要你的歌还在金曲榜上挂着，就永远有人上门。

所以他只郁闷了一小会儿。

一小会儿之后，他就给 NEXT 的队长打电话：“有空没？出来玩呀！”

关澜开了车，把四个队员从公司接出来。

他们公司的情况关澜也知道一些，偶像包装从上到下请的都是韩国的团队，走的就是韩国人培养偶像的路子：圈起来往死里训练，还不给多少钱。这样的法子简单粗暴但十分有效，推出的男团、女团素质都不错，专业过硬，能唱能跳，还懂人情讲礼貌。

NEXT 首张专辑的唱片签在他这里，首专发完后，他觉得这几个孩子还挺不错，也是看他们平时训练枯燥又辛苦，所以时不时带他们出来玩玩。

车上，他把刚才看的帖子当作乐事跟他们讲：“我看网上有人说，你们四个可是跟我有神秘的利益关系呢。”

四个人面面相觑，没琢磨明白关澜提这个是什么意思，都没说话。

关澜毫无所觉，还乐滋滋的："写得有模有样的，我差点都信了。也不能让你们白背这个锅呀，今天就带你们享受享受人生。"

四个人更加摸不清他要干什么了。

队长宁讯胆大一些，问他："老师，咱这是要去干什么呀？"

关澜："到了你们就知道了。"

到了地方，院子里摆着两个户外烧烤架、一个大烤箱，有穿白围裙戴厨师帽的师傅在长案上切肉，烤架边，摆了三大箱碳酸饮料。

一般的霸道总裁都开泳池鸡尾酒派对，关总比较清新脱俗，他带着小鲜肉们开了个草坪 BBQ 派对，扑面而来一股油烟味。

宁讯："那个……公司不让我们吃这些的……"

别挣扎了，明明眼睛都黏在牛肉上了。

关澜："你们又不是女星，吃一顿肉就得饿三天。你们要保持运动量的，基础代谢水平在那儿摆着，还能让一顿烧烤把腹肌毁了？下周每天多做几个俯卧撑不就回来了嘛。

"来吧，不告诉你们经纪人。看你们平时清汤寡水吃得脸都青了，好好吃顿肉，就当过年了。"

哪有二十岁的男孩子不爱吃肉的。

半米长的大扦子，串上大肉块，肥瘦相间，中间垫上几片青红菜椒和蘑菇，在烤架上嗞嗞地冒着油脂，烧烤酱一刷，爆出扑鼻的香。

几个大小伙子吃得泪流满面。

老二艾维左手一串肉，右手一罐可乐，喃喃道："我觉得这是我人生中最幸福的一天。”

老三徐新杰拍他脑袋“你傻啊，不要喝可乐，到肚子里太占地方，吃不了多少肉了！”

艾维委屈：“我都三年没喝过可乐了……”

老幺谭秋不说话，默默地把烤架上正在烤的几串肉挪到自己一边。

关澜怕他们吃得腻住，还特意准备了水果、蔬菜什么的，结果发现这种担心纯属多余，反倒是他自己，吃了一点就受不了，开始啃黄瓜了。

看着年轻漂亮的小鲜肉在阳光下的草坪上吃喝打闹，这简直是天堂般的生活啊。

正沉醉于美景的时候，关澜的电话响了。

他拿出来一看，屏幕上明晃晃的三个大字——周骏卓。

宁讯：“您不接吗？”

关澜没有接也没有拒接，把手机调成静音，然后扔在一边。

关澜：“他就是闲的，没什么要紧的事情。”

手机又振动了一阵子，然后没动静了。

关澜看着这些活力十足的年轻人，廾始惆怅地忆往昔：“我跟周骏卓可是老交情了……你们知道我俩什么时候认识的吗？”

艾维：“我知道，大学同学嘛。”

关澜：“比这还早。我们中学就是一个学校的，当时我们还组建了一支乐队，他是主唱我是吉他手。高三乐队解散，高考完那一个暑假，我们就在一起鼓捣歌，我写他唱，他把他唱歌的视频传到网上，还小火了一下。那时候不像现在这样网红遍地走，他长得帅唱得好，说火就火了。

“大学以后，周骏卓在我们学校的歌唱比赛，就那种校园十大歌手什么的，拿了个第一，然后就被天龙的人看中了。人家是想把他打造成那种天才少年、创作型歌手的，他就告诉人家，他唱的歌不是他自己写的。

“然后雪雯姐就找到我了——你们知道林雪雯吧？”

大家纷纷点头。林雪雯虽然沉寂已久，但音乐圈里的人也没有没听过她名字的。

“我那个时候刚上大二，每天就是吃饭、睡觉、上课、玩游戏，未来什么的从来没考虑过，她这一出现，简直是给我打开了一扇新世界的大门啊。她跟我聊了一下午，看了我自己随便写的一些歌，然后问我，愿不愿意到她那儿实习。

“然后地狱般的日子就开始了，白天上学上班，晚上还要做功课——我之前说是会写歌，其实那都是跟着感觉乱写的，专业知识一概不懂，总得补上，要不然在公司开会的时候，人家说话我都听不懂。”

四个人聚精会神地听着，一时间院子里只有烤肉上油脂爆开的嗞嗞声。

“就这样到了大四。那个时候雪雯姐手上有两个项目，一个是姚洁的首专，一个是周骏卓的二专。雪雯姐的秘书跟我说，雪雯姐打算跟她老公去度假，所以两个项目会推掉一个，另一个交给我负责，因为她觉得带了我两年多了，我可以自己做个项目了，于是问问我的意向，想要哪一个。

“我当然想要周骏卓那个啊，我中学开始就给他写歌了，对他的风格太熟悉了，不说十拿九稳，那也是心里非常有底的，自己做的第一个项目，还是稳一点好，况且我快毕业了，这三年都没怎么上过课，毕业论文还要分出心思好好弄一下吧，要不然学校不给我毕业怎么办？”

关澜说到这儿，叹了口气：“没料到我还是太年轻，她早就决定好了，根本没想真心问我意向……”

艾维：“她把姚洁的给您了？”

关澜“呵呵”一声：“她把两个项目都给了我，然后自己跑去度假了。

“唉，那段日子太痛苦，根本不想回忆。”

徐新杰：“原来这两张专辑都是您做的！真的太厉害了，我还记得《四行诗》那张专辑，我整张下载到mp3里，成宿地循环着听。”

关澜微微一笑，这两张专辑算是他的出道之作，他不是不得意的：“重压之下啊，我这是没有回头路了，我自己的专业已经荒废了，想找别的工作根本找不着。

“不过我的苦日子还没结束。等我毕业，正式入职天龙后，雪雯姐也度假回来了，还发现怀上了二胎。

“本来雪雯姐跟她老公是说好的，孩子只要一个绝不多生，职业女性嘛。但女人年纪大了心态也变了，真怀上了又觉得四十多岁怀个老二不容易，舍不得不要。她就跟我说，‘本来想让你再锻炼几年的，不得已只能现在让你挑大梁了’……

“你们没混过职场不知道，职业女性最怕什么，最怕你辛苦为公司打江山，回家生个孩子，再回来你的位置就没有了。她这又是高龄产妇，生之前保胎加上生之后休养，怎么也得休假一年。那我能怎么办，我是雪雯姐一手带出来的徒弟，她对我连知遇之恩带栽培之情，我起码得在这一年为她把地盘守住啊。”

小孩们听得入了迷，不错眼地看着他。

关澜：“我满以为熬过她休假这一年就好了，没想到她这一生完孩子，身体就不好了，要做手术要休养；她身体好了，她家孩子又不好了；孩子也治好了，她家大儿子又叛逆期，闹休学，折腾得全家人仰马翻……我是年年等、月月盼，盼着我师父回来罩着我，我压力能小点，结果师父就是不回来。这一行吧，人情关系特别重，同一个公司也有师承和派系，我师父不在，我压力就特别大，要是做不出点成绩来，就得活得跟棵小白菜似的。

“好在我那个时候……我那个时候，真是创作巅峰，人家说我写一首火一首，做一张火一张，那也不全是捧我。后来连吴硕都找到我合作，吴硕啊！歌神啊！我上小学攒零花钱买他的卡带的时候，死也想不到有一天我能给他写歌……”

他沉浸在对往事的回忆中，却被两声鸣笛打断。

门口一辆黑色奔驰，正在冲他疯狂打双闪。

宁讯：“您还邀请别人了啊？”

关澜叹气：“没有。不接电话，找上门了。”

周骏卓停好车，气势十足地向他们走来。

四个男孩不由得绷紧了身体，端正了坐姿，恭恭敬敬地叫“老师”。

周骏卓应了一声，就转向关澜：“我一猜你就在这儿。”

他一挑眉，“长本事了是吧，不接我电话？”

歌王自带气场，直教小孩们大气都不敢出。

关澜假模假式地看手机：“哎，你啥时候打来的？静音了，没看见。”

周骏卓不放过他：“我在录音棚里辛苦一天，你在这儿带人吃烧烤，你过得挺美啊。”

关澜：“哎呀，我这不是看你忙嘛。我要知道你现在有空，肯定叫着你呀。”

小孩们听得冷汗直流，他们听着关老师这语气，简直是在撒娇。

两个人的关系……还真是好啊。

周骏卓伸手从桌子上拿饮料，拿一瓶，是可乐，再拿一瓶，还是可乐。

周骏卓：“什么玩意儿，怎么全是可乐，有你这样开派对的吗，酒水都不提供？”

关澜：“都是唱歌的，就别喝酒了吧，伤嗓子。”

周骏卓怼回去：“吃烧烤不伤嗓子哦？”

关澜：“好吧……”

他也不好跟周骏卓解释，“带小艺人回家吃烧烤”跟“带小艺人回家喝酒”是性质截然不同的两件事情，他这个人再没谱，这点分寸还是有的。

周骏卓：“人太少，没意思。不是号称‘半个华语乐坛都是你的后宫’吗？就这么几个人，像什么话。”

关澜：“哎？”

事情就这样失去了控制。

金牌制作人和当红歌王要开派对，整个音乐圈的人，只要在北京且有时间的，基本都来了。

关澜不得不加订了一车酒肉。

虽然北京寸土寸金，但他这个房子在北六环，快到怀柔了，基本就是在山里，房价倒不高，所以面积不小，装个几十人也不显得拥挤。弄得一屋子油烟味、酒精味是挺烦人，不过他平时也不住这儿，雇人收拾一下，倒也眼不见心不烦。

关澜的脑子里就在想这些有的没的，丝毫想不到，日后他接受媒体访问，会称今天为“改变了人生轨迹的一天”。

第二章

音乐才子很认真

庄麟本来是不想来的。

他堂堂正正清清白白的一个人，为什么要跟这样道德败坏的人扯上关系？

他是活生生被自己的经纪人——他的亲表姐给念来的。

他表姐说："你还要不要人脉，要不要交际，要不要在这个圈里混？你以为这个圈里，你只要有才、只要长得好，就能成功啦？你几岁了这么幼稚？不光中国，美国也是这样，全世界都一样，都是圈子，都是人脉！你是黄花大闺女吗，参加个派对能怎么样？他关澜再怎么荒唐，还能对你怎么样啊？陆青去了，黄锐腾也去了，你怎么就这么大牌、这么金贵，你比黄锐腾还大牌啊？多认识几个人、多说几句话，你是会死还是怎么的？你不想去，我闺女还不想上学呢，我还不想上班呢，我还想回家当太太，每天雇十个小鲜肉围着我跳舞呢，你不想去是理由吗？什么事都遂你的意，你是世界中心啊？"

这一番话念得庄麟的脑仁嗡嗡作响，顷刻举手投降，忙不迭地滚到了聚会现场。

只是他心底有一句话，到底没敢问出来：

你每天雇十个小鲜肉围着跳舞的这个愿望，姐夫知道吗？

庄麟在电视上见过关澜。关澜在电视上是好看的，不过庄麟觉得那是化妆师和造型师的功劳，关澜真人必定面目可憎、气质猥琐，一身精英气也掩盖不住人渣味儿那种。

可他居然不是。

便纵是他庄麟戴了八副有色眼镜，他也得承认，关澜确实是好看的，可能比电视上还好看那么一点。

关澜姿态舒展地坐在沙发上，微侧着脸与人交谈，脸上是与电视上的刻薄冷厉截然不同的微笑。

长这么好看还热衷潜规则……果然是个变态吧。

跟关澜交谈的是李彦尧——可以说是在场唯一跟庄麟比较熟的人，就是他邀请庄麟过来的。李彦尧看到庄麟进门，就冲他招手叫他过去。

庄麟本想在阴暗的角落里安静地做个"壁花"，混上半小时就走，可惜事与愿违。本着做人的基本礼貌，他还是过去了。

李彦尧："这位是庄麟，刚刚从茱莉亚学成归来，现在签约了慧新娱乐，正在筹备首张专辑。"

关澜："哎呀，青年才俊呀。"

他明明岁数不大，说话却是一副老前辈的口吻。

庄麟："关老师好。"

关澜："茱莉亚可不好进，学什么的，声乐？"

庄麟看他，带点挑衅意味地说："作曲。"

关澜毫无所觉："创作型才子呀。"

李彦尧："是啊，哈哈，特别有才，您去YouTube（国外视频网站）上搜一下'Edward Zhuang'，可火呢。"

关澜："哎哟，那我可得看看了，好好学习学习。"

庄麟："我的荣幸。"

他这句话可以说是非常没礼貌了，关澜这种地位，他说学习学习是人家谦虚给你脸，你作为后辈顺杆爬那就是不要脸了。

李彦尧脸上有点尴尬，不过关澜没计较，觉得人家刚从美国回来，可能还不适应国内虚伪的这一套。

关澜：“以后有机会多多合作——我今天没带名片，你想联系我就问彦尧吧。”

庄麟觉得这人真是虚伪，不想联系就直说，这种场合你说没带名片，逗谁呢？

他不知道，关澜也没预料到今天会变成这种场合，没带名片就是真的没带名片。

他们的第一次交谈，就是这样不走心的无聊客套。

李彦尧脸色不太好：“你什么毛病啊？不要求你毕恭毕敬，正常说话不会吗？什么态度呀你这是！”

庄麟：“对于这种人品低劣的人，这是我能保持的最大礼貌了。”

李彦尧：“你这脑回路也是够奇特的，他欺压到你头上了吗？碍着你了吗？跟你有什么关系呀？他又没抢你的女人，你关心人家的人品干什么呀？在商言商，大家都是商业合作关系，你盯着人家的私生活干什么？人家一个前辈，业内大牛，都对你和和气气的，你自己想想你有理没理。”

庄麟：“他这是职业道德问题，可不是私生活。”

李彦尧顿时觉得“三观不同，无法交流”，庄麟这观点，就跟“因为他家董事长出轨，所以我不买他家洗发水”这种逻辑似的，站在一个特别高的道德高地上，愚蠢且没必要。这也就因为他是自己发小，换别人他早就一耳刮子扇过去了。

关澜没把庄麟当回事。

留过洋的，前几年还挺高大上的，这几年已经不新鲜了。

一切看作品说话——我管你是巴黎罗马音乐学院的还是车道沟第一中专学汽修的，我只看你的作品。茱莉亚毕业也好，YouTube 小网红也好，回了国照样“水土不服”。

况且，看他跟李彦尧很熟，关澜就觉得这人不太靠谱。

李彦尧就是富家公子来圈里玩票的，仗着自己外形和嗓音不错，边唱歌边泡姑娘。这位庄麟，可能肚子里的真金白银比李彦尧多一点，可差不多跟他一回事。茱莉亚这种世界名校，是一般家庭能上的吗？恐怕一般小富的家庭都不会送儿子出国学艺术，得是富了三代以上的那种大家族才行。

他找到 NEXT：“本来是想带你们好好吃一顿的，我都计划好了，白天吃烧烤，晚上打游戏，在这儿住一宿，明天早上把你们送回去。现在看来是不行了，你们要是待着无聊，我安排人先送你们回去。”

宁讯：“不用不用，我们也没少吃啊，今天已经比我们之前一年吃的都好啦，况且现在还能认识很多前辈，挺好的，您不用麻烦。”

关澜：“嗯，那行，你们什么时候想走了跟我说啊。”

安排好小鲜肉，老腊肉也不能冷落了。

周骏卓：“左拥右抱，你过得挺美呀。”

关澜：“我拥谁抱谁了？”

周骏卓：“虽然你没有付诸实际行动，但思想上一定抱上了。”

关澜只好用一种挺无奈的眼神看着他。

周骏卓说完也觉得自己这样挺没劲的，忒难看。

别人误解关澜也就算了，他们相识这么多年，他说这种话就太诛心了。

他调整了一下自己的心态，放轻语气："我就是想提醒你注意一下，别到处瞎撩拨。你是没那个意思，你撩来撩去的，难保别人不起心思。"

关澜："你放心，我有分寸。我也就是跟他们聊闲天，过界的话，一句都没说过。"

你有什么分寸。

你是手握资源的前辈大咖，在乐坛说是呼风唤雨也不为过；他们是初出茅庐的后辈新人，没资源没背景，只有颜值和身材青春无敌。纵使你心中坦荡，旁人看了会怎么想？

其实关澜这人天生就懂照顾人，天生办事就周全，看起来好像对人周到体贴，但对关澜来说真没特意花什么心思。

当年林雪雯生孩子的时候，他没包红包，送了一套价位不低的护肤品礼盒，包装得精致漂亮，里面还多放了一管专门从国外淘回来的消除妊娠纹的乳霜。弄得林雪雯她老公都犯嘀咕，说你这个徒弟怎么小小年纪这么贴心，莫不是喜欢你吧？

还是他师父比较了解他，她说这孩子会办事就是天生的，真不是故意的，人家对谁都这样。

她老公听了还是不大放心，还加了关澜微信拐弯抹角地试探。

然后关澜就明白了，从此每年逢年过节，给他师父送礼物都是送两份，两口子都不落下，以示光明正大。

林雪雯的老公也是个事业挺成功的老总级人物，跟媳妇感叹："你这个徒弟是真会办事，他哪天要是不想干这行了，你让他来我这儿，我直接让他当总助。"

这个事儿林雪雯讲给关澜当笑话听，关澜又讲给周骏卓当笑话听。

周骏卓觉得这事根本不是个笑话，你看你撩得人家老公都怀疑你了，那还是你亲师父呢，你还不长点教训！

真等哪天撩出事，碰上个不讲理的浑人，把你的腿打折了，看你怎么办！

你现在名声这么差，虽则是人言可畏，但难道就没有你自己的原因吗？

周骏卓兀自为这位老友操碎了心，偏生对方还一副大大咧咧的样子，毫不领情。

这让他十分窝火，只想找个风和日丽的下午，好好打他一顿。

闹到半夜，人都散了，关澜喝了点酒，也就不愿意再回市里，直接在别墅里住下了。

他对自己有一个要求，每天要听五首新歌。

新歌指他没听过的，不一定是新出的歌。

所以他的唱片储备量巨大，这是他的工作需要。

不过不巧，他查看了一下别墅这边的唱片，发现已经没有新歌储备了。

只好上网找——这个时候他想起了庄麟。

好吧，听听吧，他今晚也做做评委，给这个音乐才子打打分。

三十分钟后，他抚着自己不知道是因为酒精还是因为刚才的歌声而跳得不太平稳的心脏，拨通了李彦尧的电话。

搞得李彦尧胆战心惊。

关澜大半夜的跟我要庄麟的联系方式，这是要干啥呀？

听说关澜名声不好，可不止潜规则这一项。他除了好色，还贪财呢。庄麟跟他非亲非故，被他盯上了，怕不是要被敲骨吸髓，扒下一层皮来。

这可怎么办，给还是不给？

关澜听出他不大愿意给，只好说："那算了，是我糊涂了，这种业务合作的事情，我还是直接找他的公司吧。"

李彦尧："不用不用，我刚刚就是酒喝蒙了没反应过来，我这就给您发过去哈。"

通过他见面，他还能居中调停一下，到了公司那儿，那就真没法控制了，谁知道他们公司有没有节操的啊？

挂了电话，他就给庄麟跪下请罪："兄弟，我对不起你！"

跟关澜见面的事情，庄麟没告诉经纪人，也没叫着李彦尧。

他姐之前那句"你是黄花大闺女啊"着实刺激到他了。他要是跟人见个面，都跟个小姑娘似的呼朋引伴找人壮胆，那未免也太尿了。

他准备了一套慷慨激昂的说辞，就等着关澜跟他提出不合理的要求，然后甩他一脸，让他恼羞成怒地离去。

他自认为在思想上已经全副武装后，就单刀赴会去了。

但他显然低估了"资深潜规则专家"的实力。

关澜带着他到了一家粤菜馆子。

关澜："我听说你一回国就直接来北京了，都没来得及回家。这家馆子我听人说口味比较正宗，老板顺德人，今天请你来帮我鉴定一下。”

庄麟感觉敌方一记暴击击穿了自己的护甲。

作为一个“吃省”人，他能怎么办，他也很绝望。

关澜继续：“他家还有早茶，你要是今天吃着不错，以后也可以过来。”

庄麟：“谢谢关老师……”

关澜：“广东人刚来北京一般都吃不惯。北方这边口味重，浓油赤酱的，不太受得了吧？”

庄麟：“还好，美国人口味更重。”

关澜笑：“那倒是，你在美国都活下来了。纽约那边我倒是去过一家不错的馆子，离你们学校不远，老板姓黄，你去过没有？”

庄麟心里很焦躁。他觉得自己不能跟敌人这样唠家常，不能吃敌人的饭吃得这么开心，但是没办法，人家在谈这么正常、这么无害的话题，自己要是突然拍桌子跟人翻脸，那不显得自己跟神经病一样吗？

这个人，真的手段高杆，实在是套路太深！

关澜略略谈了一会儿吃的话题，就天南海北地岔开来，聊圈子里的八卦，聊时事新闻，聊刚上映的电影。

庄麟时刻保持着高度的警惕与克制，绝不搭话，只在适当的时候插入语气词。

关澜从业多年见得多了，接触过的小众歌手、独立音乐人，脾气多么古怪的都有，庄麟这种程度的连让他觉得尴尬的级别都达不到。

关澜就跟说单口相声似的，不急不缓，接着讲圈里的段子："去年有一首《盛放》挺火，云朵乐团的，你应该听过。副歌第二遍的时候有一处大破音，撕心裂肺的，其实那个是失误，副歌调子起高了。想重录一遍呢，他们一群学生，穷得要当裤子，掏不起续租录音棚的钱了，就这样把破音那版放出来，没想到大家都很喜欢，觉得有感觉。后来他们有钱了，又录了个重制版，这次没有破音，下载量和播放量却远远比不上之前了，大家还是喜欢破音那一版。这几个小伙子挺有意思的——噢，不全是小伙子，他们的鼓手，大高个板寸头特别帅气的那个，是个姑娘。这个小女孩也挺逗，有一次……"

说到这里，他却打住了："唉，说了这么久，咱们再在这里赖下去，老板要来赶人了。走吧，咱换个地方。"

这倒把庄麟憋得够呛：有一次什么呀，你倒是往下说啊，话说一半是什么意思，故意吊我胃口是吧？

然而他不能问，不能表现出感兴趣的样子，只能高冷地"嗯"一声，心里憋成内伤。

出了门，关澜就像忘了这茬，也没接着讲，另起了别的话题。

他开车上了三环："来了北京有没有好好逛过？建议你抓紧时间把该玩的都玩了，以后出了名，就没法痛痛快快地上街了。"

庄麟终于崩溃，他感觉自己不能再好好地跟关澜唠家常了，直接顶回去："我以为关老师很忙的，看来闲得很嘛。"

关澜就跟没听出他的语气似的："忙的时候是真忙，恨不能脚不沾地；闲的时候嘛，也确实是没什么事儿。"

他停下来等红灯，转过头看向庄麟："不过呢，我现在也不能算是闲，毕竟，我现在也是在工作嘛。”

庄麟冷笑：“您的工作，就是请人吃饭、跟人聊天啊？”

关澜和煦地笑：“我以为你应该能看出来的——我在挖你啊。”

庄麟愣住了。

不对啊，这套路有问题啊！不应该是“如果你答应这些那些条件，我就让你签我们公司”这样吗！为什么要先挖人啊！

先挖过去，养肥了日后再宰吗？

关澜：“我希望你能把唱片约签在我这里。”

庄麟：“对不起，我并不想跟您签约。”

连个原因都没说，庄麟觉得自己酷酷的。

关澜毫不意外：“你先别急着拒绝我，好好考虑一下。首专很重要，不要感情用事。”

庄麟：“对不起关老师，我已经决定了。”

关澜：“好吧。不过为了证明你不是在感情用事，我一个月后会再问你一次，请你那个时候再冷静理智地拒绝我吧。”

庄麟不知道他这又是什么套路，不过他对自己信心满满，不管一个月还是十个月，他都绝不会动摇的。

关澜在地铁口停下车：“我就不把你送回你们公司了，这儿离你们公司两站，你坐地铁还是打个车回去都行。”

庄麟心想：果然！你要是心里没鬼，为什么怕人看见？

关澜十分无辜：我挖人公司墙脚，总不能太招摇吧。

关澜在回家的路上又把昨晚找到的庄麟的歌听了一遍。

他昨天给NEXT讲自己的职业生涯，被突然到访的周骏卓打断了。

其实如果周骏卓不来，他也不知道该如何讲下去。

巅峰期一过就是瓶颈期——当然可以说他职位高了，要把更多精力放在管理上，对于创作有所牺牲。但他自己知道，创作一直没停下，质量却与之前无法相比了。

更重要的是，以前那种信手拈来、灵感倾泻的状态，再也找不回来了。

NEXT 是他突破瓶颈的一个方式。这种团体演唱、带舞曲形式的歌曲，对他来说是一种新的尝试。

然而还不够——还远远不够。

不知道是不是他不是专业出身的缘故，他写歌有个很大的局限——他不能凭空写歌。他写歌之前一定要认识唱歌的歌手，了解他的嗓音、他的风格，甚至他的长相、他的性情，在写歌的时候一字一句地把每个细节都在脑中描摹出来。

有跟他合作过的歌手上访谈节目吐槽过，说他抠细节抠到变态的地步，一句词达不到他心中设想的效果，就得一遍遍重录。她说，关老师脾气好，有耐心，不会骂人责备人，他只会把你扣在录音棚里录到凌晨三点。

关澜也不想把人家扣到三点，周骏卓就从来没录到过三点。你唱不出我要的感觉，那我能有什么办法。

至今也没人能在他的录音室里一遍通过，周骏卓也不行。

他听庄麟唱歌，听了两句，脑子里像微波炉一样响起“叮”的一声，就一个念头：我得给他写歌。

有句古诗怎么说的，“昆山玉碎凤凰叫”。他一直以为符合这个描述的应该是个姑娘，没想到男声也能清澈到这个地步，而又毫不违和。

那是一种非常纯净的少年音，并且因为演唱者不是真正的少年，还带着成年人的情感厚度，却又不油滑、不世故，也没有通常专业院校出身的歌手的那种受过训练的斧凿痕迹。

这种不出世的好嗓子，别人也不都是聋子，晚一步出手，就没有了。

庄麟不愿意跟他合作，在他意料之中。年轻人，家境好，名校毕业，还是学作曲的，那肯定心高气傲，憋着一股劲想要一展长才，说不定心里还想着要跟自己一较高下呢。人家打定主意要做创作型歌手，首专肯定是想要自己写，不会让给别人的。关澜今天看他第一眼就发现他一身戒备，立即就知道自己一定会被拒绝的。

不过没关系，他做好了打持久战的准备。

第三章

你们综艺真会玩

这么多年来，关澜一直只能算是有半只脚踏在娱乐圈里。

当年他的歌火遍大街小巷，大小城市里五岁到五十岁的人，张口总能哼上两句。而那个时候，他只是个创作者，一个在幕后工作的音乐人，行业圈子之外，没有什么人认识他。

而他现在，瓶颈期，吃老本，很久没有之前那样有质量、有人气的作品问世，他本人却莫名其妙地火起来了。

关澜到底也是国内娱乐行业龙头公司的管理层，每周开会，听人家讲什么流量什么热度什么转化率，什么人设定位什么在线营销，有种大学时候上高数课的感觉——虽然努力地想学会，但根本什么都听不懂，已经完全跟不上了。

公司里负责公关和营销的老总跟他讲：“我们这行有句话，‘小红靠捧，大红靠命’。关总啊，你就是有红的命。”

关澜笑：“我可不想红。”

这话可不是矫情，关澜要想红，早就红了——这话说出来，谁都不会觉得他在吹。

营销老总：“既然已经红了，咱们也不能浪费这波热度啊。别跟钱过不去。”

关澜就不说话了。

他也想说，我赚那么多钱干什么？我光棍一条没有家要养，现在赚的钱敞开了花也够花两辈子了，这玩意生不带来死不带去，我难道还要造个酒池肉林吗？

但他最终也只是笑笑：“李总说的是。”

公司不是他家开的，不会等他闭门度过瓶颈期。如今的唱片市场日益凋敝，关澜今年成绩平平，业绩压力不可谓不小。公司想要他趁着热度赚一点通告费，好歹也能算他部门的营收，他完全没有立场拒绝。

就算是去给手底下的人挣一点年终奖吧。

关澜是抱着这样的想法去参加综艺节目的。

参加了才知道，现在综艺的通告费高得吓人。初看到那个数字的时候，关澜都忍不住眩晕了两秒。

他跟与他对接的小编导确认："这个数字没写错吧？"

编导："您对这个数不满意吗？我们还可以再谈的。"

关澜："……"

他实在是不明白，电视台办个节目是哪儿来这么多钱，每请个嘉宾都给这么多，这还没算上制作费用，收得回成本吗？

他的助理对他进行科普教育："《超新星》这个节目是去年最火的综艺，今年这是第二季了，收视王，大把的品牌商抢着掏钱冠名，赔不了钱的。"

关澜："综艺怎么赚钱我当然知道，可是这也太多了吧！"

关澜对综艺的印象，还停留在访谈节目那个年代，大家在演播室里先聊半场的天儿，再做半场的游戏。到了电视台大楼，关澜才发现如今早就日月换新天，现今的综艺，早不是那么回事了。

编导："关老师，您是几年没看过电视了呀？"

关澜居然还认真地想了想："两年左右吧。"

"……"

编导："那我给您讲讲吧。我们节目的形式是从日韩引进的，叫作室外综艺。录制现场不局限于演播室，您在做游戏、做任务的时候，会有专属的摄影师全程跟拍。每期会有特定的场景和主题，没有剧本——网上说我们有剧本的，那都是污蔑！不过也稍微有一些小技巧的。像咱们这期节目，没有团队，都是单人作战，您就尽量不要自己埋头做任务，多跟别人有一些互动。综艺感差一些也没关系，我们的固定主持都是老综艺了，您录节目的时候多跟他们在一起，就容易出戏，会多一些镜头……”

关澜作为一个多年不开电视的准老年人，什么综艺感什么戏份镜头什么放送分量，这里面的门道他完全不懂。不过拿了人家那么大一笔钱，那自然还是要听话。

他乖乖到一边研究台本去了。

然后竟见着了李彦尧。

李彦尧作为娱乐圈的玩票人士，业务水平不行，不过情商没的说，人缘一级棒，哪儿都有熟人，哪个圈子都吃得开。

关澜对这个人虽没什么好感，倒也没什么恶感。

他跟李彦尧点了个头，李彦尧心里也很是忐忑。

他知道关澜跟庄麟见过面了，却什么都没从庄麟那里问出来，就只能自己暗暗担心。一边担心关澜把庄麟骗了，一边担心庄麟那个没有情商的把关澜得罪了。

一起长大的发小，怎么为人的差别就那么大呢？

庄麟但凡有自己一半的情商，自己也用不着这么为他操心。

于是他凑过去，寒暄两句，就开始打听他们见面的情况。

关澜如实回答他：“就吃了饭，聊了一会儿，也没达成什么合作意向。”

李彦尧的心放下了百分之八十。

这是没成。

以他跟关澜的接触，关澜这个人，也就是好色了点，但并不恶毒。没达成目的就挟私报复这种事情，他觉得关澜干不出来。

关澜却还要跟他打听庄麟的事情："庄麟怎么签的慧新呢？是你给他牵的线吗？"

李彦尧："不是我，他家在慧新有亲戚吧好像。"

他也不敢说太细，生怕关澜对庄麟还贼心不死。

关澜还偏偏就一副贼心不死的模样。

关澜："慧新在歌手这块资源不太好啊，有点可惜他了。"

李彦尧的心又吊起了百分之三十："他刚回国，也不太懂这个。"

关澜："他不懂，你做哥们儿的，总得给他好好讲讲。"

关澜点到即止，不再说了。挖墙脚这种事，讲究一个暗通款曲，要是打草惊蛇，风声传到人家公司耳朵里，就很不好办了。

李彦尧内心戏疯狂上演：他什么意思这是？想让我帮着牵线？小爷我是那种把兄弟往火坑里推的人吗？

综艺新人关澜拿着节目的台本，有点无所适从。

他有心找个人讨教讨教，现场唯一的熟人李彦尧却不见踪影。虽然一头雾水地录节目倒也不失为一种风格，但关澜终究有一点点艺术家的形象包袱，不愿意在镜头底下显得像个傻子一样。

他想起了编导的建议。

不如去跟节目的固定主持搭个讪。

他左右看看，挑了个长得最好看的大眼睛白皮肤的短发姑娘，手机上搜了一下人家叫什么，就凑上去了。

关澜："陈锦，是吧？你好你好，我可喜欢你了。"

明明三十秒之前都没听说过人家，他这话说得可一点都不亏心。

陈锦："关老师！这期嘉宾果然是您啊，我听说您要来可是激动得半宿没睡好。我正想找您要签名呢！"

行，这位倒是比自己还假。

两个人又"我有点问题要请教请教你这个综艺前辈""不敢当不敢当"地推挡了两个回合，方进入正题。

关澜："咱们这个狼人游戏主题，就跟那个桌游狼人游戏意思差不多，对吧？每个人的身份，都是提前安排好的吧？"

陈锦笑："都是现场抽取的，我们提前也不知道，这样才有真实的节目效果。"

关澜叹气："我家电视都欠费停机大半年了，都不知道现在的综艺节目这么会玩儿。劳烦你把流程给我从头讲一遍吧。"

陈锦："您艺术家嘛，我们这种吵吵闹闹的节目也就是逗人一乐，没什么营养的。规则挺简单的，您就这么理解：如果抽到好人，就要用好人手上的技能，找出狼人，把他们投出局；如果抽到狼人，就要背着好人去做任务，隐藏身份，活到最后。其他的任务啊游戏啊，您就照着提示卡的指示去做就行了。"

关澜："听你这么说，好像还是好人比较简单，但愿我能抽到好人吧。"

"做综艺，输赢不重要，出戏才重要。放轻松，您就当来玩儿了。节目又不是直播，有问题或者招黑的镜头，后期都会剪掉的。况且，论起智商，"陈锦露出一个有点狡黠的笑，"我知道您是正儿八经的国家重点大学毕业生。您去查查这些个艺人当年高考的文化课成绩，分数能考到您一半的就算他学习好。您这个脑子，还玩不过我们吗？”

这话听着真让人舒心。做综艺的人，情商可能就是要高一些。

关澜笑：“可别这么说。你们这些拍戏做演员的，骗骗我还不是跟玩儿一样……不过谢谢你，我还真的不太紧张了。”

关澜也不知是手气好还是手气烂，身份卡一翻开，赫然就是一只狼爪。

这叫什么来着，墨菲定律？

他在心里叹了一口气。

得了，既来之则安之，好人可以全程安静微笑不“背锅”，狼人总得对队友负责吧？

玩游戏就是要赢！

关澜不动声色，维持着一种“我不懂综艺，你们在说什么”的恰到好处的矜持与茫然。

等到入了夜，狼人会面，关澜一推门，看见了李彦尧。

对脸蒙。

然后又进来个陈锦。

三脸蒙。

不知道为什么，关澜感觉陈锦这个人一旦到了镜头底下，整个人的感觉都不太一样了，仿佛被一圈智障光环所笼罩，目光中透出一种天真的傻气，跟私底下的状态截然不同。

彼时关澜还不懂得什么叫人设。

关澜觉得狼人要完。

陈锦：“这……怎么办哪？我好慌。”

关澜：“选谁都一样，抓阄吧。”

为期一分钟的第一届第一次狼人会议圆满结束。

关老师虽然为人亲切，但毕竟是个两年没开电视的娱乐圈边缘人士，身上自带一种“我不是你圈里人”的高冷疏离气场，一脸正气到别人怀疑他一下都会先自我反省的地步。陈锦虽然用生命在装蠢，但居然也蠢出了一种以假乱真的效果。

最大的漏洞居然是李彦尧。

这厮有一个硕大的弱点，就是漂亮姑娘。

有个小姑娘全程缠着他一起做任务，一路“哥哥、哥哥”地叫着，李彦尧就找不着北了。关澜觉着他一定被人套话套了个底儿掉。

果然，下一轮投票，小姑娘直接亮出了“獠牙”。

她说，我第一轮就拿到了道具卡，验出来李彦尧是狼，所以我就潜伏在他身边找他的破绽。现在我列举一下他的疑点，希望大家能够团结一致，把他投出去。

突然被暴露身份的李彦尧直接傻住，露出一脸三观塌陷的表情。

关澜一看他那个“居然被揭穿了”的样子，就知道这个队友保不住了。

轮到陈锦发言，这个“伪傻白甜”眼皮都没眨一下地开始落井下石。

李彦尧眼神放空，仿佛这个世界已经没有什么值得他留恋的了。

这表情管理也太差了，生怕别人看不出来那是你队友吗？关澜想把李彦尧的脸皮揭下来，免得他露馅。

轮到关澜了。

他举目四望，看看一个真傻子一个假傻子，有种胜负兴亡压在一己肩头的悲凉感。

关澜："既然现在只有一个预言家发言，那我们就听预言家的。彦尧呢我看大概就是个坏人了，但是你队友这也太不够意思了吧？一个捞你的都没有，你得好好反省一下自己的人缘了。我听预言家的，不过刚刚跟着煽风点火最狠的那几位，我可记住你们了，是不是坏人在跟风浑水摸鱼啊？"

队友是保不住了，好歹也脏一下别人吧。

第一届第二次狼人会议。

陈锦："怎么办呀关老师，我们选梁燕燕吧？"

梁燕燕就是刚才指证李彦尧的姑娘。

陈锦："现在大家都觉得她是好人，都听她的话，她对我们威胁很大。"

关澜："不选她。选她就是坐实了她是好人、彦尧是狼了。"

陈锦："难道不是已经坐实了吗？"

关澜："远远没有坐实。现在谁说话都是一面之词，平民间的联盟是很松散的，稍微一挑拨就不行了。他们还有一张复活卡没有用掉，我们要引导他们觉得彦尧是被冤枉的，再把彦尧救回来。"

陈锦一脸"你说的话超出了我的智商上限"的愚蠢表情。

陈锦："那选谁啊？"

关澜："抓阄。"

游戏继续进行。

好人们被离间了，陈锦也"壮烈牺牲"了，关澜顶着新手光环活到了最后四人的决赛圈。

气氛越来越紧张。

节目组开始设置狼人身份的线索。

有个小歌手神神秘秘地拿着张字条找到关澜：“关老师，你看这个线索是什么意思啊？”

字条上有一行字：你是三月的烟雨，是困在气泡里的鱼。

关澜一看这线索指的就是自己——这两句都是他写的歌词，只不过原本在两首不同的歌里，现在被硬凑在了一起。

他思考了五秒钟：“我觉得这个人是三月份的生日，双鱼座。”

小歌手大眼睛里扑闪着崇拜的光芒：“关老师你好聪明哦！”

然后他蹲下来开始搜索所有人的生日。

关澜凑过去，假装出很感兴趣的样子。

反正他自己不是双鱼座。

小歌手：“哦！是燕燕姐！三月份的双鱼座！哦！她果然是狼！好险好险！”

行吧，意外收获。

下一轮他就选了小歌手。

关澜打的主意是想让他“遗言”指认梁燕燕，没想到这小子手里攥着一张猎人卡，“死”前毫不犹豫地把梁燕燕带走了。

裁判宣布：狼人获胜。

关澜微笑着，揭开了底牌。

这节目，体力消耗不大，不过关澜作为“坏人”，全程精神紧绷，录制完成后，竟也湿透了后背。

在后台卸妆的时候，陈锦跟他闲聊："关老师挺有综艺感的。"

这时的陈锦已经不是节目里那种傻兮兮的样子，看起来特别正常。

关澜："是吗？我不太懂。"

陈锦："嗯，这次你是全场的亮点，节目剪出来后基本上就是你的特辑。"

关澜说了句大实话："其实也是大家跟我不熟，不好意思怀疑我，也不好意思投我。"

陈锦："没有的事。我们做综艺的，哪个不是自来熟，没有不好意思这一说。"

关澜觉得陈锦这人挺有意思——节目内外，堪比精分。装疯卖傻并不难，能够不着痕迹地装疯卖傻，装出天然萌的效果，才见功力。

关澜由衷道："我觉得你挺厉害的。"

陈锦冲他微笑了一下。

陈锦："你别看我现在这样，我也是出过专辑的啊。要不是靠唱歌吃不起饭了，我才不在这儿装疯卖傻呢。"

关澜恍然发现，陈锦的嗓音，还挺好听的。

关澜心里装着这个事儿，回家之后就找了陈锦的专辑来听。

还挺难找的——七八年前的一张扑街唱片，网络上根本没有音源，饶是他作为行业内大佬，有自己的一些门路，找到这张唱片也颇费了一番工夫。

关澜听了一遍，又听了一遍。忍不住给陈锦打了电话。

给人当伯乐这个瘾，他关澜此生是戒不掉了。

第四章

瓶颈期中话人生

庄麟特意设了个闹钟，要看李彦尧的节目。

李彦尧这厮，去录节目之前，一天跟他说八遍：哥们儿要上综艺了，最近特火的那个，你记着看，一定一定记着看。录完之后呢，反而安静如鸡，再也不提这茬了。

庄麟就知道他这是在节目上丢脸了。

这下他可是必须看了——就算节目里有关澜他也忍了，这一个事儿起码够他嘲笑李彦尧半年，这波不亏。

不想却猝不及防地看了一场关澜的个人秀。

李彦尧是挺丢脸的，他早早地丢完脸，接下来就是关澜在控场了。剪辑师仿若一个癫狂的迷妹，恨不能全程关澜主视角，远景近景脸部大特写微表情，还时不时配一点显眼的字幕和特效，其他所有人都是布景板。

他看来看去，看了一肚子火。

他给李彦尧发消息：关澜这个人问题很大。

李彦尧秒回：就是！心机太深！我今天不看节目都不知道他这么阴险！

庄麟：兄弟，不要怪别人心机深，你先反省一下自己心机为什么那么浅。

李彦尧：我们不是在声讨关澜吗！这货对你还没死心呢我跟你讲！

庄麟哼了一声，意料之中。

庄麟：这个人，参加个综艺节目都要勾三搭四的，一点节操都没有。

李彦尧回给他一串问号。

庄麟：你看那个李庚庚、苏辛辛，一直围着他转，找不着北了都。尤其那个陈锦，问题最大，两个人一下节目就勾搭成奸了你信不信？

李彦尧沉默了一会儿。

李彦尧：我没看出来呀。

这个脑子里塞了稻草的家伙，能看出来才怪。

庄麟：你当然看不出来，你连人家小姑娘在套你话都看不出来。

李彦尧：喂！不带这样人身攻击的吧！

庄麟：你看他的表情，还有眼神。

又过了一会儿。

李彦尧：他看谁都这眼神啊，他看我也是这么看的啊。

庄麟更生气了。

他不太明白自己在气什么，最后归结为一种路见不平的义愤。

没节操的渣！业界毒瘤！华语乐坛要完！

关澜的微博大号是那种高冷的画风。

他的微博上就只有两种内容。一种是商业宣传，转发新歌通告、演出信息，就写两个字，不是“支持”就是“分享”，标点符号都没有；还一种就是他平时听了觉得好的歌，要不然就小众极了，要不然就是什么冰岛语、芬兰语、捷克语，全国能听懂的也没几万人。

就这种日常转发评论到不了两位数的微博，节目播出这一天，流量爆发了。

关澜上节目之前，就有很多人跟他科普过：《超新星》这个节目，谁上谁火。不管是圈粉还是招黑，总之节目一经播出，嘉宾们一定会爆一波流量。

关澜不知道自己怎么就招了电视台的青眼，不仅剪辑出来戏份超额，连节目官方微博做宣传时，都明目张胆地把宣传重点放在了他身上，完全没有考虑其他嘉宾的感受。

一张从节目里截下来的动图传遍了全网——关澜微笑着揭开底牌，所有好人目瞪口呆，节目组还特意做了石化龟裂的特效，看上去嘲讽度满分。

“哈哈哈哈我澜智商碾压全场，孤身carry狼队，骑在所有好人脸上秀操作，这期《超新星》超精彩你们快去看啊！”

“不是我说，我关老师名牌大学理工专业出身，智商官方认证，怕不是节目组看陈锦、李彦尧这两个智商黑洞撞到一起会产生足以毁灭宇宙的能量，特意派关老师来拯救世界的吧……”

“究竟是我眼神不好还是关澜、陈锦真的有谜之奸情？”

“呵呵，你关怕不是被酒色掏空了身体，年纪轻轻就江郎才尽什么都写不出来了，也就只能趁着这波热度捞点算点了，这吃相，啧啧。”

“关澜综艺首秀，一派中老年作风，却跟在场所有人都有种诡异的CP感，这综艺天赋也是蛮厉害，以后怕是要跨界转型咯。”

他从没有见过这样的热闹。夸他的、骂他的、粉他的、黑他的，还有跟他没关系蹭热度的、打广告的、做营销的，好不火爆。

而他只是参加了一期综艺节目。

他一点都不想以这种方式火，完全高兴不起来。

有一条评论，不太显眼，语气也并不激烈，他看在眼里却无比扎心：

“我是老粉了，你的每一首歌我都会去听。我还记得第一次失恋，一遍遍听着《倦鸟》流泪；我还记得《金鱼》，那张专辑里的十首歌，班里每个人，每首都会唱；我还记得我买了一个很贵很漂亮的本子，专门为了抄写你的歌词。这样的感动，好像很久没有过了。不知道是你变了，还是我变了。”

他给任晓飞打电话：“把我这个月的通告都推了。”

任晓飞很吃惊：“为什么呀关总？正是形势大好的时候，应该趁着热度多接几个啊！”

关澜：“热度什么热度，我要热度做什么，你是不是忘了我是干什么的了？”

他口气很冲，任晓飞有些被吓到：“哦……好的关总。”

关澜：“我要在家闭关两天，这两天只要不是公司要倒闭，就别找我。”

任晓飞心里苦。他做助理的，老板不上班，工作量就要翻番。不过关澜现在心情很差的样子，他也不敢废话：“好的好的。”

灵感这玩意是个小妖精。它总会在你吃饭、睡觉，或者忙得吃不了饭睡不了觉的时候，像一道惊雷劈进你的脑子，使你高热到全身颤抖，却偏偏腾不出手。而当你关起门来，焚香沐浴斋戒更衣，想要专心致志搞创作的时候，你的脑袋里却装满了大地玄黄宇宙洪荒，好像装着整个世界，其实却是一片真空。

关澜跟个多动症儿童似的，拨弄拨弄吉他，摆弄摆弄钢琴，演奏了几遍《洋娃娃和小熊跳舞》，又开始演奏《两只老虎》和《粉刷匠》的混音。等到他可以编出一本《儿歌大全》了，他终于对自己承认：写不出来。

这就很尴尬了。

他简直要陷入哲学的思考：我真的会写歌吗，我之前写的歌真的是我写的吗？一定是代写的，是假的吧。

烦得很。

他开始翻通讯录。习惯性地翻到最底下，手指堪堪点到“周骏卓”上面，又撤了回来。

周骏卓的名字底下是庄麟。

他点了下去。

关澜：有时间吗？

等了一会儿，意料之中没有回音。

他发朋友圈：创作卡壳怎么办？

在一片抽烟喝酒的调侃声中，有一个回答像一股清流。

庄麟：跑步。

关澜笑了。

庄麟仍未想明白自己那天为什么突然手贱，回复了关澜的朋友圈。

他一回复出去就觉得大事不好，自己只要理他他就要黏上来，这个人一定不会放过任何一个接近自己的机会！

果然，关澜就开始约他一起跑步。

庄麟既然回复了人家的朋友圈动态，就不好再装看不见，只能说没时间。

关澜：那你什么时候有时间？

庄麟：我最近都特别忙。

关澜：在忙新专辑吗？

庄麟：对。

关澜：那正好，跟你蹭一点灵感。

关澜：明天早起半小时吧，不耽误你正事。

啊……这个人真的好烦，根本甩不掉！这要让人怎么拒绝啊！

不过，约在一大清早，应该不会有什么事吧。

关澜说跑步，就是真的跑步。穿着运动装去公园，身旁是跳舞的大妈和遛鸟的大爷。

庄麟穿着球鞋和运动短裤，青春无敌腿长逆天，挺拔得像一根嫩生生的水葱。

关澜——关澜穿着运动衣居然很精神，一点也不像沉湎酒色的人。

不过内里还是虚的。跑了三圈，对于庄麟来说这叫热身，运动才刚刚开始，关澜就已经开始喘了。

关澜在后辈年轻人面前还有一点形象包袱，克制着不想喘得太大声。等到心率终于控制不住了，才自认为不动声色地叫住庄麟："来，我们走一会儿，聊聊天。"

庄麟心里不屑：哼，一股弱者的气息。

就这小身板，应该说果然是被酒色掏空了身体吗？

关澜一面暗暗调整呼吸，一面跟庄麟找话说。

指望庄麟主动开口，是不可能的。

关澜："回国这么久了，在圈里有没有认识新朋友？"

庄麟现在疑邻盗斧，有色眼镜一旦戴上就很难摘下了。总之关澜现在说什么，在他听来都是无耻的骚扰。

庄麟："只是上次在您那里见了一些人。"

关澜笑："有没有想认识的人？比如说……喜欢谁的歌？不是我说大话，国内在这一行，你想见谁，恐怕还没有我牵不上线的。"

庄麟一边心里一动，一边觉得这个人好烦，高冷道："您不用这么为我费心。"

关澜看他这样，忍不住犯起了说教癖："艺术归艺术，人情是人情。你艺术上再厉害，难道就是天下第一了吗？天下第一还要时不时地参加华山论剑，跟人切磋呢。没必要对这种事情这么抵触，这个圈子里也没有脏到什么事情都是利益交换。同行们一起交流交流艺术，切磋切磋技术，也未尝不是风雅美事。"

关澜转过头来看庄麟："怎么样？机会难得，过期不候，你有想认识的人吗？陆青怎么样？你这脾气跟她有点像，没准聊得来。"

庄麟觉得心脏有点鼓动，一句"好啊"就要脱口而出了——

"那个，你好……请问你是关澜吗？"

他们被两个中学生模样的小姑娘拦下了。

好险！庄麟几乎惊出了冷汗。这个人手段实在是很高杆，不知不觉中，自己险些就要中了他的圈套！

关澜也很蒙。

对于自己突然火起来这件事，他只是心里稍微有个概念。在大街上被人认出来这种事情，他还完全没有准备好。

关澜："对，我是关澜。"

两个女孩子对视一眼，兴奋地连连尖叫，语无伦次地表白："关、关、关老师，我们超喜欢你的！我们看了昨天那期《超新星》，觉得你超聪明、超厉害！”

“天哪，真人比电视上还帅……”

说罢，两人手忙脚乱地拿出手机和纸笔，求合影、求签名。

两个小孩走了，目睹了全程的庄麟开口调侃：“都忘了恭喜关老师了。那期节目我也看了，老师现在很火啊。”

若是平时，对于这种无害的调侃，关澜或许笑笑就过去了。然而这一刻，在他度过了又一个灵感枯竭的焦躁夜晚之后，他被庄麟话语里那一点讽刺的意味刺痛了。

关澜：“你觉得我很喜欢这样吗？”

他语气平缓，庄麟却感受到了平静海面下的激流暗涌。

关澜：“我写一百首歌，也不如参加一集综艺节目。同样是一二线的艺人，一个歌手出十张唱片，比不上人家拍一集电视剧挣得多。我见过多少好歌手，有才华有天赋，结果靠唱歌根本活不下去，最后去横店跑龙套，都比唱歌时活得滋润——你觉得看到这些，我会很高兴吗？”

关澜知道自己这场火来得莫名其妙，此时冲着庄麟发泄出来，实在是迁怒。但这番话他实在是在心中郁结了太久，一旦说出口，就像千里之堤开了个口子，万丈怒涛倾泻而下，他根本停不下来。

关澜：“我知道你刚回国，满腔的青春热血，可我给你透个实底，你现在转行还来得及。这一行，就是表面光鲜。我们音乐部一年的营收，抵不过人家影视部的一个零头。现在还在做音乐的，全在用爱发电，烧情怀。我们部门惨淡经营一整年，利润比不上我这几天挣的通告费，你信不信呢？唱片没有挣钱的吗？有，当然有，全是偶像团体，粉丝经济，一群小姑娘，为了给偶像打销量，八盘、十盘、一百盘地买，然后呢，有意义吗，她们掏钱为的是你的音乐吗？

“再比如你。我现在这样费心思地想要挖你，是觉得你是个好歌手，能红。可是你唱了两首热歌，红起来了，说不定就去拍戏了。不是说不让你拍戏，两边兼顾的也不是没有。但你拿过一集几十万的片酬，还能回来踏下心干这不挣钱的营生吗？一开始是精力分过去了，然后心思也转移过去了，再后来唱歌就变副业了，最后就成业余爱好了——这两年，我见得还少吗？

“不，我一点都不想红，我不想大街上有人拦住我，告诉我他喜欢我的脸、我的性格，我宁愿他不认识我，耳机里却放着我写的歌。”

庄麟被他突然呛了一通，却奇异地并不生气。

他感觉这个人，在这一刻，终于把画着完美微笑的面具掀开了一点点，露出了一块柔软的内里，在这清晨的阳光下，透出一点鲜活的人味儿来。

他想，这个人，如果不是人品道德上有点问题，他们还是可以做朋友的。

庄麟：“关老师，我只能说，你之前遇上的，都是二流货色。我绝对不会这样的。”

关澜黑而沉的目光射向他：“那么，证明给我看。”

真是低劣得能让人一眼看穿的激将法啊——但是，他根本没办法拒绝呢。

庄麟：“好啊。”

第五章

真假情侣假乱真

庄麟十分气愤。

他气自己麻痹大意，轻易踩中了敌人的陷阱。

是的，这整件事情，完全都是套路！

这怎么办？可以反悔吗？一月之期还没过半，自己这就城门失守了，虽然敌军炮火太强大，自己的战斗力也是真的渣啊！

他现在就盼望着，关澜突然对他提出无理要求，这样他就可以顺理成章地占据道德制高点：不好意思啊老师，我本来挺想跟你合作的，但实在没想到你是这样的人，你的要求我无论如何都不能答应，咱们以后不要再见面了。

他似乎是忘了自己最初的打算还是义正词严地把关澜怼回去，还没过两周，他这版腹稿的言辞就已经比最初的一版温和了八百多倍。

不过他想想也知道这种情况不会发生。他已经看出来了，关澜不是那种简单粗暴的走肾型，他也算不上是走心型，他应该是手段高杆的套路型。这个人是真正的玩家高手，在他有十足的把握之前，绝对不会出手，一旦他出手，你就没有拒绝的机会。

很久很久以后，庄麟跟关澜分享了自己这段曲折坎坷的心路历程。关澜表示：你内心戏真的太多。

关澜现在挺不好意思的。

他觉得自己挺大个人，干这行干了快十年了，居然还跟个刚出校门的愣头青似的兜不住话，向人家小朋友倾泻了那么多负能量，实在是太不成熟。

不过好处就是，庄麟的唱片约基本可以说是签到手了。

庄麟比他想象的还好攻略一些。

想到这儿，他的心情总算好转了一些。

然后他就去找陈锦。

陈锦一开始也闹不明白，她跟关澜就一起录了个节目，半天的交情，结束之后说的“以后常联系”，谁都觉得是客套话，可这个人竟真的跟自己常联系了起来，这究竟是为什么？

陈锦这个人性子直，闹不明白就直接问了。

关澜是这么回答的：“我现在缺一个好朋友，我正在安排你面试。”

陈锦觉得关澜是在逗她，可他神色非常认真，他说“好朋友”的时候语气跟个小学生似的，严肃得有点好笑，让陈锦禁不住觉得这是真话。

关澜：“开玩笑的。那天录完节目，我回去找到了你以前的那张唱片。”

自己那张黑历史专辑是什么水平，陈锦心里非常有数，尤其面前这位还是音乐领域的绝顶高手，她竟觉得有种上学时被爸妈找到藏起来的不及格考卷的羞惭感。

陈锦：“也难为您能找到——您觉得怎么样？”

关澜：“我觉得你遇见我遇见晚了。”

陈锦笑：“那张唱片是七八年前发的了。您是说，如果我八年前遇见您，写啥啥火的金牌制作人先生，您就能让我一专爆红？”

关澜想了想：“八年前悬，那时候我也就是个实习生。六年前吧，你这把嗓子，包你红。”

陈锦：“六年前啊，我已经在做综艺了，也开始赚钱了，就算那个时候遇见您，恐怕也不会被您拐回去做音乐了。”

关澜摆摆手：“你紧张个啥，我不是要拐你回去唱歌。现在综艺这行这么火，你事业又做得这么好，我不会把你往那窄巷子里勾引。不过我这人就这毛病，就喜欢唱歌好听的，五音不全的、开口跑调的，跟我连朋友都没的做。所以我的朋友特别少啊。”

陈锦此时有点摸清了这个人满嘴跑火车的路数，忍不住开了个玩笑：“老师，您不会是看上我了，想潜我吧。”

关澜盯了她半晌，随后长叹一声。

关澜：“锦啊，你看过去的军阀少爷养戏子，有人养演电影的、有人养唱京戏的，还有人养说大鼓的，你看看有没有哪个军阀头子，一出手养了个说相声的。”

陈锦：……

人有白首如新，有倾盖如故。人与人的交往，投不投脾气，合不合眼缘，有时见面三十秒心里就有数了。

人越长大，朋友就越难交。关澜不是那种闭门搞创作不爱与人来往的孤僻艺术家，他需要很多的社交，却没有很多的朋友。

像陈锦这样的，磁场频率跟他莫名地相合，话能唠到一块儿去，就已经很不容易了。更难得的是，他们两个在一个行业却不在一个圈子，可以说完全没有利益上的纠葛和牵扯，两个人可以一门心思地做朋友——这真不容易。

陈锦：“好吧，朋友，既然都是朋友了，那帮我个忙吧。”

这是一个十分狗血的任务。

假扮现任，到渣前任面前，秀他一脸。

关澜觉得这种行为，其心智水平相当于幼儿园大班肄业。

不过，为了显示自己的诚意，他还是答应了。

一顿午饭而已。

他回家把运动装换下，精心装扮了一番，开车到了陈锦家楼下。

陈锦："哟，卡宴啊。"

关澜："借的。"

陈锦："……"

关澜："我工薪阶层，哪儿养得起卡宴啊，这不是为了给你撑面子嘛。"

陈锦："好，要的就是这个态度！一会儿到了地方，也千万要撑下去，不要暴露你是个连卡宴都养不起的穷人的事实！"

关澜："等会儿……你前任谁啊？"

陈锦："到了你就知道了。"

关澜心中突然涌起了非常不好的预感。

等见到了人，关澜就一个感想：陈锦觉得自己做现任能打到这位前任的脸，实在是太抬举他了。

关澜："杨总好。"

杨佩青冷笑："我道是谁呢，原来是关总啊。"说罢他转向陈锦，"你这是打算重返歌坛了啊？"

关澜仿佛没听出他在嘲讽似的，语气平静："锦锦一直有这个愿望，我当然得帮她实现。"

陈锦被他这个称呼肉麻得心里一哆嗦，面上却在甜蜜地微笑。

杨佩青目光凶狠地瞪了他一阵。

关澜都被瞅得心头有点发凉了，陈锦却跟没事儿人似的，坐下就开始点菜。

关澜维持着表面上的淡定，心中后悔出水儿来了。

落座之后，俩人拿菜单挡着脸，假装亲密地咬耳朵，实际上在开小会。

关澜低声道："你要害死我了。你怎么不早告诉我你前任是他？"

陈锦："怎么着，你还怕他呀？"

关澜："不是怕不怕的问题……我跟他好歹一个公司的，每周例会还要见面呢，这多尴尬。"

陈锦："你尴尬什么，他是前任，他才该尴尬呢。"

关澜："而且你不会真的以为我的地位能跟他相比吧？"

陈锦："有什么不能比的，他是经纪人你是制作人，他是艺人管理部的老总，你是音乐事业部的老总，你们俩不是平级吗？"

关澜："第一，平级是平级，但我的部门跟他的部门，不管是利润上还是规模上，都无法相提并论；第二，他比我有钱，大概十几倍吧，并且这个差距还在不断扩大；第三，我们大老板是他亲哥，他是公司实际上的二把手、未来的一把手，十年之后他就是我的直接上级。你说，我们俩怎么比呢？"

陈锦："那管什么用，他还没你出名呢！况且咱们的主要战略目标是秀恩爱，又不是炫富。"

关澜："唉，好吧。我承认是我孤陋寡闻了。我现在相信，真的会有军阀少爷，会喜欢说相声的。"

陈锦：……

席间，关澜尽职尽责地扮演着一个贴心的恋人。温柔小意，耳鬓厮磨，端茶倒水，夹菜转桌。两人时不时地还来个相视会心一笑，眼波流转之间，仿佛一对真正的甜蜜爱侣。

直把前任先生气得饭也吃不下，就瞪着一双眼睛看着他们俩。

杨佩青："两位还真是恩爱幸福啊。"

关澜："热恋期，杨总见笑了。"

陈锦给关澜夹菜："来，澜澜，他们家的鱼做得超级赞！来尝尝！"

关澜嘴里甜，心头是真苦。

我是中了什么邪才要答应她来干这个啊？

不过既然戏已经演下去了，中途罢演反而更尴尬，他只好硬起头皮继续进入角色。

杨佩青脸色有点绿。

我一个单身狗，是造了什么孽才搅进你们小两口中间的啊？！

一顿饭，就在他们两个"看看咱俩谁能恶心到谁"的竞赛中过去了，最后谁也没吃多少。

关澜做戏做全套，吃到一半还不着痕迹地出去结了个账，男友风度十足。

饭后，回家路上。

陈锦："我把饭钱打给你了，你一会儿查收一下。"

关澜假客气："不用了吧？"

陈锦："本来就是我请你来帮忙，哪有让你掏钱的道理。"

关澜："那好吧。你前男友档次真高，这顿饭可不便宜。"

陈锦："他就好这一口，爱排场。"

关澜稍微矜持了一下，终究没有忍住八卦的欲望：“你们俩这是……怎么回事儿啊？”

陈锦故作云淡风轻：“就那么回事儿呗，正常恋爱，和平分手，可总有人心里过不去，接受不了，我就只能使用非常手段了。”

关澜叹气，一个没忍住，又进入了好为人师的说教状态：“我看你们两个，明显还有感情。这个圈子里，能走到一起不容易，既然还有感情，就别把事情做这么绝，给自己留个回头的余地。”

陈锦看着车窗外，敷衍地应了两声。

关澜继续念叨：“我就不提我下周在公司碰见他该多尴尬这个事了——杨佩青这个人吧，虽说是个富二代，但是以我这么些年跟他共事的经验来说，这个人人品还是很好的，在那么一个有权力有资源的位置上，这么多年来也没有跟艺人弄出什么乱七八糟的事情。虽说脾气是有点差，不过毕竟是那种家庭出身，工作上压力也比较大，那也是可以理解的……”

陈锦忍不住了：“网上都说你是老干部，我看你像是街道妇女干部。”

关澜从后视镜里看了她一眼。

关澜：“还有啊，我名声可不大好听，你得做好被人各种误会的准备。”

陈锦乐了：“哎哟，原来你知道你名声差啊，我还以为你不知道呢。误会什么，潜规则？”

关澜：“我只潜唱歌的，不潜谐星。”

陈锦：“哼，我看出来了，你也就是嘴上厉害，你潜过几个唱歌的啊？搞不好一个都没有，你还是处男吧。”

关澜闻言，面部神经下意识地抽了一下。

陈锦也就是随口损他一句，没想到关澜就此哑火了。她看他的表情，惊异地瞪大了双眼："你……你不会真的……"

关澜在这个事情上脸皮意外地薄："私人生活，无可奉告！"

夭寿啦！后宫占了半个华语乐坛的男人，居然还是处男，这是不是能列入"娱乐圈年度十大奇闻"了？！

陈锦现在真实地担心自己会被灭口。

关澜跟陈锦吃饭的事，第二天就被路人拍下来传到了网上。

当然，其实根本不是什么路人拍的，如果真的是无辜路人，就一定能看到他们同桌吃饭的是三个人，其中关澜和杨佩青还是一个公司的同事。三个人一桌吃饭，路人看来就是再正常不过的朋友聚餐，而这位"路人"的视角很奇妙，他拍的照片里就只有关澜、陈锦两个人，两个人举止亲密，神情暧昧，从同桌进餐到一起坐进豪车离开，一组照片看下来，简直能脑补出一万字剧情。

对于这件事，两位当事人都表示不是很在乎。

关澜反正已经花名在外，再多一个也是虱子多了不痒，根本没在怕的；对于陈锦，这就是个无伤大雅的花边，她跟关澜都不是一个圈的，想潜也没什么好潜的啊。

其他利益相关人士对此反应不一。

任晓飞：说好的闭关在家搞创作呢！为什么跑出去扩建后宫了！你有本事开卡宴泡女人，你有本事来上班啊！这么多年身边各色娇花嫩草都入不了眼，却跑去追一个综艺节目里卖蠢的二货，老板你眼光挺别致啊！

杨佩青：好气！那么大个人坐在饭桌对面就是让你们无视的吗！有张照片明明都照到我了，居然硬生生地把我裁掉了！本来这顿饭吃得就够心塞，第二天还要继续心塞！好气！

庄麟。

庄麟已经出离愤怒了。

他知道关澜不走心，没想到这个人根本没有心。

这边刚刚套路过自己，回去立刻马不停蹄地去勾搭别人。

自己于他算是个什么呢？游戏里的可攻略角色？攻略下来之后，连档都懒得存一下，就直接去攻略下一个了吗？

套路还都是一样的呢！第一步是请人吃饭，车接车送，这也就算了——

为什么接陈锦就是卡宴，接自己就是Q5啊！

这还分三六九等的是吗！

自己就只配坐经济适用型车，去个平价饭馆吗！

盛怒之下的庄麟完全没发现自己愤怒的点哪里不对。

还有……这样温柔的神情、这样亲密的举动，在自己这里根本没有出现过！

所以说关澜在自己这儿只使出了三成功力？且不说他有没有成功拿下自己——当然他是不可能成功的！但是关澜觉得只用三成功力就能拿下自己的这个想法，就非常气人！

瞧不起人太可恶了！

第六章

欲挖墙脚没有门

关澜完全不知道庄麟内心戏的激烈程度，他上了班，就开始安排任晓飞起草庄麟的签约合同。

任晓飞：你闭关创作了两天招惹了多少个人啊这是？

挖人墙脚的流程一般是这样的：他这边跟歌手本人“暗通款曲、私相授受”，把歌手搞定了，就该联系人家经纪人了。自家艺人这边已经失陷，通常经纪人也没什么办法。等到公司知道了，大势已去，木已成舟，能和平交接当然最好，不然就是两家公司法务部门互相扯皮了。

关澜约见了庄麟的经纪人。

经纪人其实比歌手好打交道多了。尤其关澜现在在圈子里这个地位，歌手的经纪人见了他多少要巴结一下，客客气气地笑脸相迎，怎么也比见庄麟那个刺头令人舒心。

庄麟的经纪人齐菲女士，关澜也有所耳闻，是个很精干的人物，带出过几个小花小草，发展得都还不错。他不知道齐菲和庄麟的亲戚关系，只觉得庄麟的公司给他安排的经纪人挺合适的，公司应该比较重视他。

齐菲接到关澜的邀约也是吃了一惊。

待两人聊完，她就更吃惊了。

这俩人什么时候搭上线的，她竟完全不知道，庄麟这小子瞒得她死死的。

这种情况有两种可能：一种是俩人已经达成了某种不太好的协议，所以全程瞒着她；另一种是，庄麟自己松口要跟人合作，但是因为之前他已经把话说绝了，现在反口的话就是自己打脸，所以不好意思告诉她。

以她对自己弟弟的了解，她觉得第二种情况的可能性无限大。

她回去把跟关澜见面的情况略略跟庄麟说了。

庄麟：“不行，我不同意。”

齐菲彻底不懂这个状况了：“为什么？关老师说你已经答应了。”

庄麟：“没有，他理解错了，我没答应。”

齐菲脸色一肃：“怎么了？他对你提什么要求了？别不好意思说，咱们人微言轻，可他关澜也不是只手遮天，我虽然不是什么大人物，可也不会看着人家欺负我弟弟。”

庄麟：“没提，他就只说想签我，没说别的。”

齐菲：“真没有吗？”

庄麟：“真的。”

齐菲仔细观察了一下他的表情，觉得他没说谎。

齐菲：“那我就不明白了，你说你为什么不愿意，来，给我个合理的解释。”

庄麟脖子一梗：“首专我自己写，不要签给别人。”

齐菲：“他跟你说首专不用你的歌了？”

庄麟不说话。

齐菲：“那就是没有说。你还有别的理由吗？”

庄麟：“我不想跟他合作。”

齐菲眉头一皱，庄麟心里一紧。

他知道她这是要开始训人了。

齐菲：“本来，我就不建议你来慧新。你是唱歌的，这边的音乐资源什么样，你来了有一段时间了，心里应该明白。但是你妈妈担心你会被人欺负被人骗，我想想，这一行鱼龙混杂的，水那么深，你在我手底下，即使发展慢一点，好歹不会被人坑。下面的话，我作为公司的员工不该说，但我以姐姐的身份告诉你，慧新的音乐部，就是个草台班子，咱们音乐总监是个什么水平，你是专业的你比我有数。你是创作型的不假，但你从此以后就不用跟人交流切磋？不用人指导？还是说你觉得你一出江湖就是天下第一，没人指导得了你？”

齐菲厉色道：“我还告诉你，你要唱歌，要在音乐上有所成就，国内最好的去处就是天龙，就是关澜那里，没有第二家。他为人怎么样先搁一旁，但他的专业水平跟市场眼光摆在那里，他要是年纪再大十岁，那就叫音乐教父。本来要按我的意思，既然他有意向签你，你应该连人带歌、连经纪约带唱片约一起签到他那儿去，现在你有顾虑，那么至少应该把唱片约签过去，只要经纪约还在我这里，他就拿捏不住你。签约合同我给你把关，不让你吃一点亏，也保证不让他抓住什么漏洞，以此要挟你做什么。你看这样还可以吗？”

庄麟知道，齐菲说的，句句在理，自己要是再不同意，就纯属无理取闹。

他不与齐菲对视，也不说话。

齐菲太熟悉他这个负隅顽抗的表情了，就跟他小时候被教育要跟别的小朋友分享零食时那个表情一模一样——你说得很有道理，但我就是不想听。

她的怒气值终于满格，开始放大招：

“你什么时候能意识到，这个世界不是围着你转的？你不喜欢的人，你看不惯的人，你就一辈子不跟他共事，不跟他打交道，这可能吗？你一个大男人为什么就这么尿？他就算是乐坛大佬，只手遮天，你就这么怕他，怕到这个地步？”

她不知道，庄麟现在最听不得这话。

庄麟：“我知道你是为我着想，但是我连这点自主权都没有吗？难道我不跟关澜合作，我的前途就毁了吗？如果我不靠他就成功不了的话，那我趁早也别干这行了吧！我不是怕他，我就是不想跟他签约，不可以吗？”

齐菲以往再怎么训他，他都没回过嘴，都是乖乖听着，这次纯粹是被齐菲的话激的。

齐菲也是拿他没招了，只好给关澜回电话。

关澜听说庄麟变卦了，还是挺坚决的那种，非常意外：“不能够吧，我们俩明明谈得好好的，他怎么又不愿意了？”

齐菲：“我这边再劝劝他吧，年轻人难免有点轴。他这搞艺术的脑子，我也经常闹不明白他的想法。”

关澜知道齐菲恐怕是劝不动他的，不然也不会急着给他打电话。

关澜：“还是我亲自问问他。不过你既然说他挺抵触的，那他应该也不会见我。你把他最近的行程给我一下，我看什么时候有空，去偶遇他一下。”

齐菲把庄麟的行程给了关澜之后，也有点犯嘀咕：

关澜为什么对庄麟这么上心？毕竟关澜的名声不太好，可别真让他做出什么欺负庄麟的事情来。自己最近得盯紧点儿。

庄麟并不是生下来就是这一副梗着脖子怼天怼地的样子。他也是从小学开始，一路名校优等生念上来的好孩子，活泼乖巧有礼貌，出国之前连脏话都没说过。

齐菲很头痛，小时候多么乖的一个孩子，怎么出国一趟就成了这个刺头样子？资本主义真是腐蚀人心哪。

“我不懂你。”

陈锦脸上糊着黑绿黑绿的面膜，只露出两只黑漆漆的眼睛，盘腿坐在沙发上玩手机。

自从知道了关澜是个“战五渣”的处男之后，陈锦在关澜面前飞速地原形毕露，俨然已经把他当成了一个没有性别属性的闺密。

搞得关澜的自尊心有点被刺伤——我确实是对你没什么企图啦，但你好歹尊重一下我的性别吧？

陈锦：“我真的不懂你啊。你说娱乐圈，这基本上就是世界上男女关系最开放的圈子了吧，大家握个手就可以发生点什么的啊！尤其你这样的身份和长相，一个手握大把资源的大帅哥，连握手都不用的，你一个眼神人家就能心领神会了吧！你怎么做到守身如玉这么多年的啊？”

关澜就想起了之前那个给他牵线的投资商。

关澜还不太习惯她说话的尺度，尴尬道：“还不到三十年。”

陈锦：“你还真想守到三十年啊！守到三十年能获得魔法吗？”

关澜对他过往的人生展开了总结：“主要是，我上班太早了。我十九岁就进公司实习，每天忙得昏天黑地的，一点这方面的心思都来不及有，闲暇时间恨不得都用来补觉了，哪舍得用来谈恋爱啊。等我终于熬出头来，不用像之前那么拼了，也有二十六七了，这个年纪，就很尴尬了。

“比如二十出头的时候吧，那个年纪浑身都是荷尔蒙，不管是爱情还是激情，反正大脑一充血，说破就破了。要是一不小心错过这个年纪，到了二十五岁之后，就要开始瞻前顾后了。你说我都守到这么大岁数了，要是随便找个人，想想真是挺不甘心的。”

陈锦：“就是必须先谈恋爱的意思呗，我懂。但是你三十年没谈过恋爱，这也很奇葩好吗！”

关澜叹气：“我能怎么办，我也很绝望啊。”

仿佛人过了某个年纪，就越来越难动心。

对感情再稍微有一点不切实际的浪漫幻想，就一不小心成了奇葩。

陈锦：“你这个毛病我明白了，就是不愿意找圈里的，平时又接触不到圈外的。这也好办，要不要我给你介绍几个圈外的居家型优质小美女？”

关澜猛地一听，居然真的有点心动。

不过他想了想还是拒绝了：“算了，我最近事情有点多，你介绍了，我也没空搭理人家。”

陈锦看着他，叹了口气。

陈锦：“你这就属于掉进‘单身陷阱’了，单身时间太久，自己一个人过得太舒服，最后没有什么动力‘脱单’了。说寂寞呢有时候也寂寞，但一旦真的要谈恋爱了，就开始嫌麻烦。你这个样子，是注定要守身如玉到三十岁了。”

关澜：“道理是这个道理，但是难道我就不会遇上一个不管多麻烦也想要和她在一起的人吗？”

陈锦：“没想到你脑子切开还是粉红色的呢，你是女初中生吗？”

关澜：“……”

陈锦：“我一直就想问你哦，你名声这么差，实际上没有一个是真的，你不觉得亏吗？”

关澜以前没想过这个问题，现在听她这么一说，好像确实挺亏呢。

关澜毕竟不是个“恋爱脑”，爱情这回事在他脑子里只占了很小一部分。这边跟陈锦惆怅完，一上班就什么都忘了。

工作上的事就已经千头万绪了，今天开管理例会的时候还被杨佩青瞪了好几眼，关澜表面上装没看见，其实心里非常苦，觉得自己这个锅背得有点大。开完会还要进录音棚，给周骏卓录制全国巡演的特典新单曲。

本来他给周骏卓挑好了三首很不错也很适合他的歌要他选，没想到人家连看都不看一眼，直接说：“我要你写的。”

关澜无奈：“你也知道我现在的状态，我写出来也不见得比这三首好。”

周骏卓：“不行，这首歌要在巡演每一场都做开场曲的，我必须唱你写的。”

关澜没有办法，好在他给周骏卓写了这么多年歌也算驾轻就熟，好歹是在他进录音棚之前赶出来了。

录制过程却也不顺利。

折腾了若干小时，关澜直接把谱子一撂，“你要是今天状态不好就回去休息一下，咱们明天再录。”

周骏卓：“你等我喝杯水，再录最后一遍。”

这最后一遍居然就这样过了。

他怀疑周骏卓故意的。

把一件两小时就能完成的事儿故意拖到晚饭时间。

果然，收工之后，周骏卓就来找他了，语气无比自然："走啊，一起喝点儿。"

关澜："就咱俩吗？那多没劲，我再叫几个人吧？"

周骏卓："就咱俩，有什么没劲的？还要几个人才能满足你呀？"

关澜假装没听出来他的玩笑："大家陪你折腾了这一下午，耽误了多少事儿，晚上还得回来加班，你觉得你不该请大家吃个饭吗？"

他说话声音挺大的，就有路过的人来凑趣："是啊骏哥，听说巡演预售门票半小时就抢空了，网上黄牛票炒到好几千哪，不该请个客吗？"

结果周骏卓想象中的二人晚餐就变成了一场大规模的酒局。

经纪人、助理、伴奏乐队、调音师、跑腿的实习生，因为正赶上天龙下班的点儿，一路上还捎上了几个关系不错的凑热闹的人。

周骏卓非常窝火，隐约觉得关澜在特意躲他。

完全不晓得为什么。

他们年少相识，十几年的交情，占了现在人生长度的一半。他们是工作中的默契伙伴，生活里的至交好友，怎么就日渐疏远了呢？

第七章

免费司机情谊深

关澜酒量不怎么样，所以他练就了一身在酒局上偷奸耍滑、蒙混过关的躲酒本事，免得自己喝到太狼狈的程度。不过每次还是免不了喝到头昏脑胀、视线模糊。

一行人喝开心了想要换个地方开下一场的时候，关澜觉得自己再喝下去要坏事，就拼着最后一丝清醒走回自己车上。他想打电话叫个代驾什么的，一拿出手机，感觉屏幕上的字都在到处乱飞，什么都看不清。

关澜觉得，自己现在的神志不足以支撑自己完成上网搜索代驾电话，再给人家打过去这些个步骤。

以前遇到这种情况，他有助理帮他处理，现在他助理也在里面喝着呢，不见得比他清醒。

他就给陈锦打电话，想要她来接一下自己。

他瞪大了眼睛努力想要看清屏幕，好歹没把电话打错。

陈锦："你在哪儿呀？待着别动，我现在就过去。"

关澜脑子钝钝的，听到这话先在大脑里处理了三秒，才慢慢地答道："我在饭店呀。"

陈锦哭笑不得："你在哪个饭店啊？"

这边又停了三秒："大饭店啊。"

陈锦："在几环，哪条路上？是不是在你们公司附近？"

关澜："就在什么桥……这里吧……"

北京的桥少说也有几百座，陈锦是不指望他能说清楚了。

陈锦："你微信定一下位发给我好吧？知道怎么定位吗？会不会？"

关澜思考了三秒什么叫"微信"，又思考了三秒什么叫"定位"，然后回答："哦，好的。"

陈锦："你别挂电话，就直接退出去打开微信……"

她话还没说完，电话那头就只剩下了"嘟嘟嘟"的忙音。

庄麟好好地在家吃着火锅唱着歌，就收到了关澜发过来的定位。

他不知道关澜这又是什么新套路，就无视掉了。

没想到关澜坚持不懈，一遍一遍地给他发过来。

庄麟点开定位，看那个地方，似乎是一个商场的地下停车场。

他的心有点提了起来：该不会是遇到危险了吧？

他开始脑补关澜一边跟绑匪或者抢劫犯周旋，一边在口袋里悄悄用手机给他发定位求救的样子。

自己虽然讨厌关澜，但绝没有讨厌到见死不救的地步。现在求救信息发到他这儿了，他要是不管，万一关澜那边真的出了事，自己岂不是要愧疚一辈子？

这可绝对不行。

庄麟现在虽然是万分不想见关澜，不过情况紧急，他也顾不了那么多了。

他拿了外套，出门奔着那个地点就去了。

庄麟离得不远，很快赶到了，没费什么劲就找到了关澜的车。

关澜在车里看见他，放下了车窗跟他打招呼："你也来啦？好巧啊。"

巧个鬼，不是你叫我来的吗？

车里就他一个人，没有绑匪也没有抢劫犯，庄麟觉得自己受到了欺骗。

他心里憋着气：“关老师要是没别的事，我就回去了。

关澜看着他，眼睛瞪得挺大，目光却呆滞，好像没听懂他说什么似的，半天才回一句：“哦，那我捎你回去啊。”

庄麟看他脸上两团酡红，才明白他这是喝多了。

行吧，看来自己也不是被欺骗了，而是被醉鬼耍了。

庄麟四下里看了看，这大晚上的，关澜一个公众人物，还喝多了，总不能把他一个人撇在这儿。反正自己来都来了。

庄麟：“老师，钥匙给我，我送你回去。”

关澜掏了上衣口袋，又掏了裤子口袋，又掏了上衣口袋……

关澜：“钥匙丢了。”

庄麟：“那你怎么上的车啊？”

关澜：“开门进来的。”

庄麟不想继续问他“那你怎么开的门啊”这种弱智问题了，干脆自己上手去摸他的口袋。

手刚一碰到他，关澜就“呵呵呵呵”地笑了起来。

庄麟无语到极致了。

他身上酒味儿也不大，怎么就醉成这个德行了？

庄麟俯过身去摸他另一边的口袋。

关澜高龄单身犬，就算是醉了也对肢体接触特别敏感，当即往旁边一缩：“你不要碰我！”

庄麟：怎么我还成流氓了？

折腾了半晌，庄麟才从座椅的夹缝中找到了车钥匙。

坐到驾驶座上，庄麟才发现关澜的 Q5 是无钥匙启动。

庄麟觉得自己一定是被醉鬼传染，拉低了智商。

开出了停车场，庄麟要面对下一个严峻的问题。

庄麟：“你家在哪儿？”

关澜脸上露出了一副费力思索的表情，最后还是思索无果：“我不记得了。”

庄麟：“……你的手机响半天了，不接吗？”

关澜喝多了有一个好处，傻归傻，但他特别听话，人家让干什么他就干什么。

他慢吞吞地掏出手机来，接电话。

庄麟下意识地往后视镜里看了一眼，就看见关澜手机屏幕上闪烁着陈锦的名字。

他没忍住冷哼了一声。

关澜：“你不用过来了，我这儿有司机。”

原来我就是个司机啊？

还是个备用司机对不对？

庄司机还不知道要把车往哪儿开。

庄麟就只去过关澜在北六环的那个小别墅，但他知道关澜平时肯定不住那儿。这是他回国后第一次开车，还是夜路，要真往六环开，他有点怕自己会一路开到张家口。

他有心想要接过关澜的电话来，问问陈锦知不知道他家住哪儿，然而他不是很想让别人知道司机是他——虽然陈锦肯定不认识他。

他只能奔着自己的住处去了。

后座上许久没有动静，庄麟以为醉鬼终于睡着了。

他往后视镜一看，正对上一双黑而亮的眼睛。

庄麟心里一凛，没来得及把目光挪开，关澜就开口了："庄麟，你为什么不愿意跟我签约？"

就好像他见着庄麟半小时之后，终于认出来他是谁了。

庄麟猝不及防地直面这个问题，没摸透他是醉着还是清醒着，把皮球踢回去："那关老师，你为什么想签我呢？"

关澜："因为我想给你写歌呀。我都已经写好了，你不来它就没有人唱了。"

庄麟："怎么会没有人唱，你那里有那么多歌手……随便谁都愿意唱的吧。"

关澜："他们都不行。"

庄麟就这么奇异地被这一句"他们都不行"给治愈了。

他想，唉，既然别人都不行，那我能有什么办法，我就勉为其难吧。

关澜宿醉醒来之后，惯常地思考了一下人生两大终极问题：我是谁？我在哪儿？

第一个问题很快就解决了，第二个问题竟一下子把他卡住了。

他是真的不知道这是哪儿。

床不知是谁的床，房间不知是谁的房间，幸好衣服还是自己的衣服。

关澜从床上坐起来，对面靠墙坐着一只比人还大的玩具熊，一脸看透一切的表情。他跟熊脸对脸蒙了几秒钟，下床走出了房间。

然后他看到了庄麟。

他觉得这个世界有点玄幻。

他小心翼翼地问人家："这是你家吗？"

庄麟："这是我的宿舍。"

关澜："我为什么在你的宿舍？"

庄麟："你喝多了，叫我去接你，还不告诉我你家在哪儿。"

关澜有点想起来了。

可他叫的不是陈锦吗？

他掏手机看了一下，一切真相大白：

庄麟的微信头像跟陈锦的有点像，他酒后老眼昏花，叫错人了。

关澜："谢谢你啊，麻烦你了，改天我请你吃饭。"

庄麟："嗯，应该的。"

也就是关澜习惯了他这种找揍的说话方式，换个人早把他打了。

庄麟跟别人说话也没有这么找揍，就只在关澜这里控制不住嘴贱的冲动。

关澜在这间小公寓里环视一周："这是你们公司租的宿舍吗？"

庄麟："是。"

关澜："我要是现在大摇大摆地从你这儿走出去，再围着你们这个楼转三圈，你信不信你从此就在你们公司混不下去了，明天就得去我那儿报到。"

庄麟："您这是在威胁我？"

关澜无奈地看他一眼："做人要有点幽默感，这是个玩笑。"

我感受不到您的幽默感还真是对不起呢。

关澜："咱们不是约好了吗，一个月。现在期限还没到，我不把你的回应当作最终答复。”

庄麟看出来了，他这是把昨天晚上他们的对话都忘干净了。

离一月之期还有一周，他有点想知道关澜打算怎么套路自己。

庄麟：“您随意。”

关澜起身，打算告辞离开，刚走到玄关，就听见钥匙转动的声音。

他还没来得及做出反应，就跟进门的齐菲撞了个正着。

齐菲：！！！

关澜：……

庄麟：宝宝有点想死。

齐菲好样的，没有堕了她资深经纪人的威名，内心山呼海啸，面上依旧波澜不惊：“原来您说的偶遇，就是偶遇到家里来呀。”

庄麟：“什么偶遇？”

关澜：“误会。昨晚喝了点酒开不了车，正好碰见庄麟，他就顺手帮了我一下。”

庄麟：“什么偶遇？？”

齐菲：“帮忙怎么还把人帮回家了呢？”

庄麟：“什么偶遇？？！”

关澜：“喝得有点多，醉得比较狠。”

她按下心中翻腾的疑虑，从包包里摸出一个一次性口罩，递给关澜：“外面雾霾重。”

意思是，你把脸遮一遮，不要被别人看见。

于是关澜戴着口罩出了门，看起来形迹十分可疑。

从头到尾惨遭无视的庄麟：“……”

关澜走了，这边就开始“三堂会审”，审得庄麟就差发“天打雷劈”的毒誓了，齐菲才勉强相信了关澜的说辞。只不过，关澜从她心里原本的橙色预警级别升格为高危红色预警。

最后齐菲跟庄麟交代完事情也走了，只剩下庄麟绝望地呐喊：“到底是什么偶遇啊？！”

关澜这边上了车，忍着宿醉的头痛，给陈锦回了个电话。

陈锦这边嗓子有点哑，还带着诡异的鼻音：“一大早的，我还没起呢。”

关澜抬头看了看天边高悬的太阳。

关澜：“不是怕你担心嘛，给你报个平安。”

陈锦：“嗯？报什么平安？哦，你说昨天晚上啊……”

竟是一副把他完全忘干净了的样子。

关澜：“你昨天难道也喝酒了？”

陈锦还没回答他，关澜就听见电话那头另一个熟悉的男声：“怎么了宝贝？”

关澜：“……”

就听电话那头着急忙慌起床穿衣的声音、陈锦说着“哎呀你别烦”然后“啪”的一声打在人手背上的声音、“噔噔噔”下地走路的声音、开门关门的声音，最后陈锦说话了：“我没喝酒呀。”

关澜：“那你为什么跑杨佩青家里了啊？！”

陈锦竟非常理直气壮：“还不是为了你！”

关澜觉得自己可能患了耳癌。

陈锦：“昨天你说要给我发定位，我等了半天你也没发，打电话你也不接，把我急死了啊！我就只能问别人你下班去哪儿了呗，你们公司我除了你只认识一个人啊！你以为我想跟他说话吗！”

关澜：“说话就说话，说到一起过夜也要怪我咯？”

陈锦：“前任见面旧情复燃一下，那不是国际惯例吗！”

关澜：“你不要欺负我没有前任！哪有这样的国际惯例！”

陈锦：“哎呀呀，我又没怪你，你激动个什么。况且不是你劝我的吗，圈子里两个人走到一起不容易，他也是个挺好的人，要再给彼此一个机会——我这不是听了你的话吗？”

关澜：“我只是觉得我头上有点绿……”

陈锦：“……”

关澜：“杨佩青以为咱俩是一对，对吧？他认为我是你的男朋友，然而他还是和你过夜了，毫不犹豫地‘绿’了我。杨佩青这个浑蛋，一点同事爱都没有。”

陈锦：“对，他就是个浑蛋。”

关澜听着陈锦哑哑的嗓音，总觉得他们俩对“浑蛋”的定义不太一样。

只要日子过得去，哪怕头上带点绿。

关澜开始觉得，陈锦要自己假扮她现任的行为，跟虐渣男什么的不沾边，纯粹是作。

按关澜朴素的世界观，你们既然过夜了，那就复合呗。但陈锦表示，睡觉是睡觉，谈恋爱是谈恋爱，两者不是一回事，坚决不能混淆。

关澜：“那好吧。但我也不能一直做你的伪男朋友啊，你看你什么时间方便来把我甩了吧。”

陈锦：“刚秀完恩爱就分手，这不是打我自己的脸吗？等我找好下家咱就分，你放心，我空窗期不会太久的。”

关澜：“在你们俩把我‘绿’了的那一刻，你这恩爱秀得就完全失败了好吗！而且为什么非得是你找着下家，就不能是我脱单了吗？”

陈锦：“亲爱的，要是等你脱单，恐怕咱俩得白头偕老了。”

关澜心想，说得好像有这个藕断丝连的霸道前任在，你就能找着下家了一样。

第八章

生日宴上暗潮涌

本周，关澜还有一个重要的日程安排，就是参加林诗泽小朋友的生日宴会。

林诗泽是关澜师父、一代目金牌制作人林雪雯家的千金，是地产大亨杨佩明年近五旬时得的小公主，一出生就站在金字塔尖上的人物，关澜去年也参加了她的生日宴会，会后就一个感想：投胎是个技术活。

今年生日会的规模比去年还要大，因为她爸爸说六岁是个整寿，必须大操大办才行。

关澜真的不知道按哪个地方的讲究，六岁能算整寿。

杨家兄弟三个，岁数差距挺大。老大杨佩明接手了家里的生意，主要是地产和传统制造业；老二杨佩宁拿着家里的资金，又靠自己的人脉融到一些风投，创办了天龙娱乐，经过二十年的逐步发展，成了行业巨头；老三杨佩青，就在杨佩宁手底下工作，从经纪人做起，做到艺人总监，现在算是天龙的二把手，等着接他二哥的班。

杨家是 24K 纯金的豪门。

林雪雯一直挺低调，关澜做她徒弟的时候只是大概知道她老公是个公司的老总，全然不知她竟是自己老板的大嫂。还是后来，他职位升上去了，圈内地位也上去了，勉强可以进入大佬们的社交圈了，才知道还有这一层关系。

林雪雯同他抱怨："要按我的意思，这么小的孩子办什么生日宴，就请一些亲近的朋友，自家人过一下就得了，可她爸爸就是这么个德行，就爱大场面，非得闹腾得尽人皆知不可，不够他显摆的。"

关澜听得明白，她这不叫"抱怨"，这叫"秀恩爱"。

他莫名想起陈锦评价杨佩青的话："他这个人就是爱排场。"

该说不愧是兄弟俩吗？

关澜："掌上明珠嘛，自然是怎么疼爱都嫌不够的，我要是有诗诗这么可爱的女儿，我也恨不得天天炫。"

他说话中听，一句话明夸女儿暗夸老公，林雪雯的语气不自觉地愉悦了很多："你到时候人过来就行了，也别准备什么礼物了，几岁的孩子用得着什么，她爸都把她惯得不像样了。咱们师徒俩也好久没见，好好聊聊。"

关澜："是，我也盼着能跟您好好聊聊呢。"

话是这么说，礼物他肯定是要备的。

他在专做高档手工定制乐器的乐器行里定制了一把尤克里里，外观做成小女孩喜欢的萌系样式，琴身上刻了"诗泽"两个小篆字。

这个礼物，小公主会不会喜欢他不知道，不过小公主她妈妈肯定喜欢。

果然，宴会当天，星光璀璨、大佬云集，在那一堆总价值加起来约等于一辆档次不低的豪车的礼物里，林雪雯还是一眼就看到了那件小小的乐器。

林雪雯也快五十岁了，但是她生活优渥、家庭幸福，看外表说是三十也有人信。此时她盛装打扮、珠围翠绕，又自带一股华贵气质，更显艳光四射。

她牵着女儿来找关澜："我一看这个就知道是你送的，也就只有你这么用心。"

关澜："要按过去的说法，诗诗就是我小师妹，我做师兄的没别的可送，好歹把咱们师门的手艺传承下去，希望诗诗跟她妈妈一样，爱艺术。"

林诗泽最近大概是看了电视剧，竟像模像样地冲他一抱拳："多谢师兄。"

关澜被萌到了："哎呀，突然觉得我年轻了二十岁。"

林雪雯："行了，我先去招呼一下别人，你在这儿等我一会儿，咱们好好说说话。"

关澜看出来了，杨家对这个小女儿真是千娇万宠，简直是全家人的掌中珠。她二叔杨佩宁送了她一部真人加CG的儿童电影，投资几千万，砸了钱买了院线排片，在她生日当天上映，片头十秒钟就是一行字"送给诗诗"，并且表示，这部电影赔了钱算自己的，赚了钱算侄女儿的；她三叔杨佩青没有这么阔气，但也相当大手笔，拿整块的冰种翡翠找人雕了一套大号娃娃屋，灯光下一照流光溢彩，特别漂亮；她亲爹就更是不得了，直接用闺女的名字投钱盖了一座主题公园，生日当天剪彩开业。

可见老杨家的男人是真的都喜欢大排场，土豪风范十足。

无怪杨家大公子杨宇泽说："自从有了我妹，我就成了我爸我妈捡来的，网购凑单用的，连包邮带返现那种，地位还不如我家的萨摩。"

林诗泽才六岁，她所拥有的，就已经是世界上绝大部分人奋斗一辈子也够不到的。

这种事情不能深想，关澜略略想了一下就打住了，不然今晚要失眠了。

关澜跟熟人们打了一圈招呼，最后一转身，猝不及防地跟一个穿灰西装的中年男子打了个照面。

对于这个人，关澜是不太想搭理的。然而这样脸对脸的情况，无视人家实在是说不过去，他只好略略点了点头：“林总。”

林建晖扯了扯嘴角，皮笑肉不笑：“关总啊，好久不见。”

关澜跟林建晖不对付，这点不需要掩饰，整个圈子的人都知道。

天龙的音乐事业部，先前的一把手是林雪雯，除开她，资历最老的制作人，就是林建晖了，他在天龙工作了十几年，好不容易熬到林雪雯淡出圈子，正等着接她的班呢，半路杀出个关澜，比他年轻十几岁，居然还比他厉害，一路成绩耀眼，踩着他的肩膀压到了他的头上，这可真是太难受了。

关澜刚进公司的时候也听人说过，林建晖是老板的“嫡系”，似乎跟杨家有什么亲戚关系，是以虽然业绩平庸，但手上的资源一直不错。他那时刚出校门，一团学生气，对这些事情浑不在意。他觉得，大家在一个公司，你做你的我做我的，大家井水不犯河水，你是谁的亲戚，跟我有什么关系？

然而后来，被林建晖使了几个绊子、穿了几次小鞋之后，关澜总算不那么“傻白甜”了。

他渐渐知道，要想成就事业，路上就是会碰到这种人。

关澜之前一路高歌猛进、写啥火啥，林建晖呢，一直就不温不火的，他从关澜手底下撬走的几个艺人也都发展平平，免不了有些灰头土脸。

而今年，关澜创作面临瓶颈，林建晖仗着手里资源好，成绩有了盖过关澜的势头，就渐渐有点趾高气扬起来。

纵使关澜心宽，也不愿多看他这个小人得志的样子。

关澜淡淡道：“嗯，虽然最近挺忙，但小师妹的生日，不能不来啊。”

林建晖听见“小师妹”三个字，嘴角一撇：“关总忙什么呢？我看您手上也没什么项目啊。”

关澜微笑：“几张老面孔，几副老嗓子，大家都看腻了听腻了，我正琢磨着挖几个新人来，给乐坛带来点新鲜空气。”

林建晖：“关总野心不小啊，就现在这个市场行情，从头带新人，也不知道您能不能带得动啊？”

关澜还是挂着那副淡定的微笑：“那有什么难带的，陆青也是我从三里屯破酒吧里捡回来的呢。”

林建晖嘴上讨不到便宜，冷笑了两声，便转身走了。

关澜心里远没有嘴上这么有底，因此他虽然脸上还带着笑，但心情免不了被搅扰得糟糕了一些。

林雪雯把客人们都关照到了，就与关澜找了个僻静的露台坐下聊天。

关澜打趣她：“咱们还是找个杨总能看见的地方坐吧，不然杨总又要怀疑我，刚才还见他瞪我一眼呢。”

林雪雯：“不要在意他，他有毛病。你这年纪搁旧社会都能当我儿子了，他心里没数吗？他就是闲的。来跟我说说，最近情况怎么样？”

关澜自个儿在外面打天下，只有在他师父这里才能适可而止地撒个娇：“我可是日日夜夜盼着您出山呢，我这风吹雨打的多么辛苦，连棵可以依靠的大树都没有。”

林雪雯："你要什么大树，你是娇花吗？现在市场动向瞬息万变，大众的口味一天一个样，我脱离一线太久，眼光已经跟不上时代了。现在正是你的时代，我们这些老家伙已经比不上你了。"

关澜："现代人职业生命长，您还不到五十，正当年。诗诗也正好要上学了，其实您可以考虑一下。"

林雪雯微微叹气："说实话，我也是当够全职太太了，我们家又没有活干，成天在家里都要长青苔了，没什么意思。不过我就算出来，也不能去天龙。之前我是保密工作做得好，所以没出什么问题，现在公司里的人基本上都知道我是杨佩明的老婆，是天龙大老板的嫂子，那还去干什么活儿，每天钩心斗角还斗不过来呢。再说佩宁也难做，我是他的属下，还是他的大嫂，他这个老板要怎么当？他管我还是不管我？别人会不会说他任人唯亲？所以我也不给他添乱了。我的事就不说了，倒是你，你有什么打算吗？"

关澜自觉地开始汇报工作："我之前的路子倒是还走得下去，不过我已经开始觉得有点要走到头的意思了。我现在正在探索新风格，不过还没有什么具体的思路，也就是边走边看。有几个新人准备签，有一个我看他前途很好……"

他就这样巨细无遗地把现状絮叨了一遍，林雪雯蹙着眉，听罢叹了口气："我不是问你这个。我问问你，你有没有为自己谋划过？"

关澜一愣，一时没想透这个"为自己"是什么意思。

林雪雯："我听到一些消息，说天龙有意向要裁撤掉音乐部，停止所有音乐业务，你知道吗？"

关澜听到这个消息，感觉浑身的血凉了一半。

关澜：“没人跟我说过……为什么呀？这么大个部门、这么多人，又没有亏损，说裁就裁了？”

林雪雯：“你先别急，这事儿还没什么谱，佩宁肯定是不愿意裁的，是有的股东发牢骚，说音乐这块的营收不行，疲软了几年也没什么起色，应该趁着还没亏损赶快撤掉，等到亏损就晚了。”

关澜吐出一口浊气：“磨还没卸呢就要杀驴，未免太心急了吧。”

林雪雯：“现在佩宁在天龙还是说一不二的，他没这个意思，就暂时没什么危险，况且我在天龙也有股份，也是能出席股东大会的。你不要着急，这几年不会有什么事，我就是知会你一声，现在有这个苗头，你该为自己早打算。”

关澜：“雪雯姐……说实话，我真的从来没考虑过这些。”

林雪雯：“我就知道你脑子里没这根弦。即使没这一出，你也该想想，你在天龙，已经算是位极人臣，这职位也算是走到头了，升无可升。也就是十年后佩青接班，你要是跟佩青搞好关系，按你的资历能做个副总。”

……

关澜默默地想，已经没这个可能了，我已经把杨老三得罪透了，我把他“三”了，他把我“绿”了，可以说已经不共戴天了。

林雪雯：“可这十年里，变数太多了。天龙现在风头正盛，可这个圈子，再热的新闻也就能在头条上待半天，今年一夜成名的人明年就能过气，哪个公司敢保证能一直独领风骚呢？就算你熬过了这十年，当了副总，但这是你想要的吗？这是你的职业目标、事业理想吗？”

林雪雯：“再多的我就不说了，路还是要你自己走，但这些事情，你必须想清楚。有句话说，‘战术上的勤奋不能弥补战略上的懒惰’，你认真敬业的态度是好的，但要是大方向出了问题，那是你再怎么用功、再怎么有能力，都弥补不回来的。”

关澜到底还是失眠了。

林雪雯的话在他脑海里反反复复地回放，然而除了让心绪越来越纷乱，他也没想出个什么结果。

他一直秉持的是工人阶级朴素的世界观：有志者事竟成，只要我足够勤奋，我就能成功。他的人生经历也让他越发巩固了这个信念，今天他师父却告诉他，选择大于努力，如果你的努力方向是错误的，就仿佛一个溺水的人，越挣扎，沉没得越快。

一直熬到晨光熹微，他看着东方泛着白的天光，很无奈地想，反正我光棍一条，一顿饭能吃多少大米？当年做实习生的时候，日薪一百块没有社保还得在北京租房，不是照样活下来了吗？

怕什么，就算我明天失业，靠着版权费也能活下去；版权费也吃完了，我就不要这个脸了，全国乐迷众筹养着我，还能让我饿死吗？

想完了，他自嘲似的叹了口气。

这想法，说到底还是精神胜利。他这十年的经营，辛苦打拼下来的圈内地位，自然不是说放下就能放下的。

还是太久没有好作品了啊……

他现在比任何时候，都渴望一场酣畅淋漓的大胜。

第九章

音乐课教你做人

庄麟这一天早早地醒了。

从醒来的那一刻起，他的精神就处于紧绷的状态。

他不太想承认，不过确实是因为，今天是与关澜一月之约的最后一天。

自从上次见面以后，关澜就没再联系过他，这让他的警惕心与日俱增。他知道，这一周关澜都没有行动，那意味着什么，说明他所有的套路都集中在这最后一天哪！

关澜憋了一个月的大招，究竟是什么样的“战略核套路”？

庄麟神经紧绷地晨跑，神经紧绷地吃早饭，神经紧绷地进录音棚，神经紧绷地吃午饭……

等过了午饭，还是没有动静。

他的手机电量满格、信号满格，硬是跟坏了一样，安安静静。

不得了，难道关澜要把所有的大招，都憋到一顿晚饭的时间里放出来吗？

到了晚饭时间。

庄麟不得不面对现实：关澜这是把他忘了。

对于业务繁忙、日理万机，更兼后宫三千的关老师来说，自己就是三千弱水中的一朵小浪花，转过身就忘了。

自己这一天的纠结、焦躁、猜想，还有隐隐的期待，都显得那么可笑。

关澜的电话就是在这个时候打过来的。

关澜：“晚饭吃了没有？”

庄麟听着心里就来气，我不吃饭难道特意等你吗？

虽然他的确没吃饭在特意等他……

庄麟：“吃了。”

关澜：“哦，你吃饭还挺早。”

庄麟：“……”

关澜：“你现在下楼，找我的车，我的助理在等着接你。”

庄麟心里冷哼一声：我现在连亲自接送的待遇都没有了吗？

但他还是下了楼。

他上了车，任晓飞跟他打招呼，第一句话就是：“你吃晚饭了没？”

庄麟：“……吃了。”

任晓飞：“哦，那你吃饭还挺早。”

……

庄麟不想说话了。

任晓飞：“关总本来说让我顺路带你吃点饭，既然你吃了，那咱们就直接过去吧。”

庄麟想，所以我现在不仅没有亲自接送的待遇了，连吃饭的规格都降低到了路边快餐馆？

好一招欲擒故纵，我看透你了。

关澜这一天都在故意冷落他，降低他的期待值，让他失望到极致，最后再来个“超级惊喜”，巨大的心理落差就会对他造成成吨的冲击。

很厉害的套路，但已经被我识破了。

接下来，你的任何行为，都在我的预料之中。

庄麟：“这是要去哪儿？”

任晓飞：“我们公司，关总还没下班。”

庄麟进了关澜的办公室，发现关澜的确还没下班。

他没想到这个人看上去人模人样的，办公桌居然这么乱。

乐谱、档夹、书籍杂志、电水壶、水杯、纠结成一团的耳机线和电源线、意义不明的奇怪工艺品摆件，全龇牙咧嘴地在桌上支棱着，用“一片狼藉”来形容就算是很给他留面子了。

任晓飞显然已经见怪不怪，自觉过去把他吃剩的外卖餐盒收拾好。

关澜从电脑显示屏前抬头看了他们一眼：“来了啊，挺快的，庄麟坐，晓飞你可以下班了。”

关澜：“庄麟你等我十分钟，我这儿有热水，来自己倒。”

谢谢，我不想接近你的办公桌。

庄麟：“您先忙，不用管我。”

关澜就真没管他，径自在电脑上忙自己的事。

庄麟坐在办公室的会客沙发上想，你就继续晾着我吧，你的套路我已经看穿了。

不知道等了多久，可能是十分钟，也可能是半个小时，关澜那边终于响起电脑关机的声音。

庄麟不由得坐直了身体，绷紧背脊：来了！今晚的正文开始了！

关澜站起身，在他桌上那一堆四处卷边的纸堆里翻翻找找，翻出个塑胶档夹。又在一堆杂物里窸窸窣窣地拽出一副黑框眼镜戴上。

庄麟这是第一次看他戴眼镜，他戴上眼镜整个人气质一变，褪去了平时衣冠楚楚的精英气，透出一股散漫的艺术家味儿。

关澜：“来，我这屋太乱，还一股子饭味儿，咱们找个会议室谈。”

原来你也知道你这儿乱啊。

关澜把档夹放到会议室的椭圆桌上，反身开了灯，关上门，开始慢慢地把衬衫的袖子卷上去，露出一截白生生的小臂。

一般这个动作是要动手的先兆——不过庄麟跟关澜跑过步，对他的体质心里有数，自信他揍不了自己，即使自己没吃晚饭。

关澜："你叫了我这么久的老师，不能让你白叫，今天我就给你上上课。"

纵是庄麟自认为做好了万般准备，这句话，他还是没料到。

关澜："怎么了？我知道，你是世界名校毕业生，你的老师都是世界级的大师，可能你觉得，给你上课，我还不够资格。"

庄麟："我没有这么想。我虽然对自己很有自信，但也没狂妄到愚蠢的地步。"

关澜慢慢翻开手里的档夹："有自信是好事，但愿你今晚之后还能继续保持。这些是我叫人整理的你的作品集，你看一下有没有错。"

庄麟翻看了一下，居然收集得非常全，不光是他在网上发布过的那些，还有他上课的习作、毕业创作等，他自己的公司都没有整理得这么细致全面。

关澜跟庄麟慢悠悠地感慨峥嵘岁月："我想起来十年前，我还是个傻吃傻玩的大学生，我师父找到我，我也是拿了这么一本作品集给她看。她看完跟我说，你挺有天赋的，不过你写的这些都是小孩子的玩意儿，没有一首是能直接拿出去卖的。现在我把她的这句话送给你——我看得出来你挺有想法的，不过想法不能当饭吃，你这些作品，没有一首及格。"

庄麟对于他的这番评价，没有丝毫心理准备。

关澜在他面前一直是平易温和的，从没摆过前辈高人的架子，纵使庄麟有时候出言无状，冒犯了他，关澜也就是笑笑，从来没计较过。是以他竟然忘了，关澜可是因为做选秀节目评委怼人而出名的。

关澜脾气好归脾气好，但专业上的事情，他眼里可是不容一粒沙子的。

庄麟本以为今晚的心情会像坐过山车，一波未平一波又起，没想到根本就是坐跳楼机，冷水之上再泼冷水，是真的刺激。

庄麟："您觉得不及格是您的意见，我想不管是谁都不可能得到所有人的认可。"

关澜："知道你不服气，我也不会说什么'让市场检验你'这种话。我倒是也想让你自己摔两个跟头看看，不过我担不起这个风险。我现在签你，你是名校海归，光环加身，谁看都是前途无限光明；等你这种水平的新歌真的拿出去卖，首专扑街完二专再扑，我那时再签你，我就是'接盘侠'，收废品的，在我老板那儿就通不过，我还得在老板面前立军令状，说'庄麟不火我就引咎辞职，他一天不火我一天不拿工资'，这样才能把你签过来。

"倒也不是不行，我就是不想这么麻烦。"

庄麟："所以，您大晚上的把我叫过来，就是为了特意羞辱我，说我是废品，是吗？"

关澜："别急别急——年轻人怎么一点气都受不了，我这还没开始骂你呢，我这风格可算是同行里最温柔的了。"

庄麟也不是没挨过骂受过气，在学校里他的老师都是本事大脾气也大，他被老师骂过，被撕过乐谱，只是关澜对他的否定，让他格外难以接受。

关澜柔声道：“我也是不忍心让你受这样的摧折，歌手的人生经历都是写在歌声里的，你受过这样的磨难与打击，嗓音就不对了。”

庄麟：“那您就这么确信，我的歌就一定不受欢迎，我就一定得受这样的打击？我要是一专成名了呢？”

关澜温柔地微笑：“不可能的。”

庄麟：“……”

关澜：“你在网上能火，是因为你长得好看，唱歌好听，不是因为你歌写得多好。你不信我的眼光，美国的唱片行业总是很成熟的吧，美国的制作人总是眼光毒辣的吧，那么有没有唱片公司联系你，要制作发行你的歌呢？”

庄麟想，真的够了，我为什么特意来到这儿受你的羞辱？

关澜把庄麟的作品集在桌面上摊开：“现在，我具体跟你说说，你为什么一定受挫。”

关澜：“你在学校学的是艺术，我现在给你讲讲市场。”

庄麟：“就是说，我们要牺牲艺术去屈从市场？”

关澜：“你不要在这里清高，有本事你摸着良心告诉我，你只爱艺术，不想出名不想火。”

一击必杀，庄麟闭嘴了。

关澜：“当然不是叫你完全屈从市场，第一那叫媚俗，第二谁也做不到完全摸清大众的口味，做到了那就是神。问题是，百分之多少是艺术，百分之多少是市场。我们制作人，就是帮你掌握这个比例的。

“艺术技巧上，一个人有一个人的路，况且你是科班出身，我这个野路子也教不了你，硬要教你恐怕你也不服气。况且我觉得你在这方面没什么大毛病，细节问题都可以日后慢慢打磨。

“所以你的歌的问题，不在不好听，而在不动人。”

这句话让庄麟彻底失去了反抗能力。

他想，罢了，你要是真能帮我解决这个问题，我就是卖给你也值了。

关澜看着他的表情，无声地笑了。

是的，庄麟就是他想要的大胜。

他遇见庄麟，就像六年前在三里屯的酒吧里遇见一身非主流打扮、一脸烟熏妆的陆青，就像十五年前遇见故意把校服剪出破洞来穿的周骏卓。

那仿佛是从灵魂深处传来的一声轻微的震颤，神经末梢发出断裂的细碎脆响。

就是他。

少年，你愿意做我的歌手，跟我一起拯救华语乐坛吗？

“关澜带一名小歌手进了一间会议室，俩人锁上门待了一宿，第二天就签约啦。”

“天哪，这么明目张胆地在公司里乱来，这何止是不要脸，简直是太不要脸哪。”

“哎哟我去，哪个会议室啊，别人还要用的啊，太恶心了吧这？”

杨佩青一大早来上班，就听到了隔壁部门的几句闲言碎语。

这些阴暗角落里叽叽咕咕的流言蜚语，不知是有意还是无意，说得不清不楚，听起来好像关澜跟女歌手过夜了一样。“小歌手”其实是个男人的事情，完全没有人提。

杨佩青是知道庄麟的性别的，然而他不放过任何一个攻讦情敌的机会，昧着良心给陈锦发消息：你男朋友昨天在哪儿过的夜你知道吗？

陈锦的八卦天线倏地竖了起来。

陈锦：我们俩的生活，不劳您关心。

她料定杨佩青憋不住，一定会给她爆料。

杨佩青：他是不是跟你说他在公司加班？

陈锦昨天根本没跟关澜联系。

她略微入了下戏，揣摩了一下人物心理，回复：跟你没关系。

杨佩青觉得自己猜对了。

杨佩青：呵呵，我建议你回去好好问问他。

于是陈锦好好地问了问关澜。

关澜：“杨佩青是不是人？他都把我‘绿’了，还要告我黑状，他哪儿来的脸？”

陈锦：“你不要转移话题！你昨晚跟谁一起过夜了？”

关澜：“没过夜好吗，我十二点就回家了。”

陈锦：“六点下班到十二点，时间也足够了！第一次就在办公室，不会有点刺激吗？”

关澜：“快把你脑子里的废料倒一倒，他是男的。”

他把庄麟的事情略略跟陈锦讲了一下。

陈锦：“我才不关心他是什么朱丽叶还是罗密欧音乐学院的，

你倒是发照片啊。”

关澜哪会有庄麟的照片，只好去庄麟的朋友圈盗了几张图。

陈锦：“哎哟，真鲜肉啊！我支持你们俩在一起！”

关澜：“怎么着就在一起了，都不沾边的事儿。且不说他是个男的，不说我是不是跟手底下歌手乱来的人渣，人家对我可是讨厌得很，一眼都不愿意多看我的。”

陈锦：“人家能在一间小黑屋里单独听你唠叨到十二点，要说他多喜欢你我不敢说，但是讨厌你那是不可能的。”

关澜无奈：“你知不知道圈子里有多少人愿意花个万八千的听我上课呢，我免费给他讲，他有什么不愿意的？”

陈锦：“那我问你，你签每个歌手的时候，都要这样单独指导大半宿吗？”

关澜：“那倒没有。”

别人都没有庄麟这么难搞定，要是能轻轻松松地把人签下来，他也不会费这个劲。

陈锦：“这不就完了。不管你有没有意思，他肯定觉得你有这个意思；他觉得你有这个意思仍然跟你签约了，那就是说他也有这个意思。你们两个互相意思意思，这个事情就有意思了。”

这是怎样的神逻辑……

关澜：“你不要把万事万物都跟不纯洁的关系扯到一起好不好，我们就是正常的商务合作，就非得有别的意思？”

陈锦：“你可能是这个圈子里最后一个纯洁的人了，我们正常人想问题都是这么龌龊的。”

关澜觉得这个圈子不会好了。

第十章

雏凤初鸣歌声醇

“你昨晚几点回来的？”

庄麟觉得，他要是在战争时代被敌人抓获，只要敌人派齐菲来瞪他一眼，他肯定就什么都招了。

但是这件事他真没什么好招的呀。

“我们聊创作聊到深夜”，这句话听上去非常扯淡，但这就是实情啊。

齐菲：“上周还死活不愿意，昨天去人家那里待到半夜，今天忽然就同意签约了，你要我怎么理解这个情况？”

庄麟：心好累……想换个经纪人。

齐菲：“我姑且就当你突然想开了吧。你既然跟人家签了约，就不要再作了。你现在算是有了一流的平台和资源，要好好把握住。”

庄麟：“我明白。”

庄麟确实是想明白了。关澜人品如何先搁一边，起码在跟自己交往的过程中，他是一个伯乐兼贵人，对自己只有提携和帮助，没有丝毫冒犯自己的地方。反倒是自己对他，有时候挺失礼的。人家不计较是人家大度，庄麟自己心里不能没数。既然已经决定合作了，自己就得拿出对待圈内前辈的正确态度对待他，不能像之前一样横着说话。

该有的礼貌不能少，至少在他提出无理要求之前吧。

等他提出之后呢？该怎么回应他？庄麟还没想好，总之大概是这么个思路：不是你不好，但是我有我的原则，你这话我就当没听过，以后也不要再提了，不要影响我们的合作。

一个月之前那番誓要把关澜说得羞惭而去的慷慨陈词，早就被他忘到异次元去了。

今天陈锦跟关澜还是没有分手，杨佩青真的好气。

陈锦居然跟他说，她跟关澜开诚布公地谈过心之后，发现两人都有对不起对方的地方，他们选择珍惜这份感情，原谅对方继续走下去，感情比之前更亲密了呢。

他们明明才认识不到一个月，怎么就到了这样拆都拆不散的地步，难道真是传说中的“命中注定”？

他无法接受。

他也不是没怀疑过这场恋情是他们俩演的一场戏，但他作为圈内大佬，能拿到许多娱乐媒体的一手情报，这些狗仔拍到的照片或视频大多数不会发布出来，仅在圈内少数人手里流传。杨佩青手上，关澜和陈锦约会的照片有一摞，照片上，他们举止亲密、神情暧昧，看着对方的眼神里都带着笑意。

不由得他不相信。

杨佩青跟关澜同僚多年，对关澜的为人心里有数。之前在陈锦那儿造他的谣是出于私仇，其实他知道，关澜那些乱七八糟的传言，至少百分之八十是瞎编的。关澜不说多洁身自好，至少肯定不是传言中那个毫无底线的色鬼。

所以他更心惊，更加觉得这是一段认真的恋情。

他跟陈锦在一起很多年，分分合合很多次，往事杂驳纠缠，早已理不清谁对不起谁多一点。他以为这辈子兜兜转转，最终跟自己偕老的人还会是陈锦，但是这一次，他第一次有了彻底失去她的恐慌。

更糟的是，他对此毫无办法。难道他还能去找关澜决斗吗？

杨佩青就去找关澜决斗，哦不，吃饭了。

关澜收到杨佩青的邀约时，感觉自己这个锅背得太大了，跟陈锦“分手”势在必行，回去一定要“甩了她”。

同时他有点搞不清杨佩青的脑回路——你把我“绿”了，又告了我的黑状，还想怎么样？还想揍我吗？

……

他突然觉得杨佩青可能是真的想揍他，得准备点防身措施才行。

最关键的是——他又不是个演员，他实在不会揣摩“现任跟前任吃饭”应该是怎样的心理状态啊。

好在杨佩青不用他表演，杨佩青自己戏就很足，他沉浸在悲情男主角的人设里，开始给关澜讲述他跟陈锦这一场旷日持久的虐恋情深。

关澜用自己深厚的词作功力简单总结了一下，大概就是：年少初遇都不懂爱，作天作地翻江倒海，合也合不久，分又分不开，好一对王八看绿豆，破锅配烂盖。

关澜之前觉得只是陈锦作算是错怪她了，杨佩青也不遑多让，两口子作到一起去了，他俩真是天生一对，就应该好好在家关起门来祸害对方，别出来作践别人。

你们情侣的世界好复杂，单身狗只想一个人静静。

关澜：“你在这儿给我说这些，没有任何意义。问题的关键是我吗？不是我就没有别人了吗？就算我跟陈锦分了，她就能重新跟你在一起了？你就没好好想想，她为什么唯独这一次跟你分手分得这么坚决？她身上发生了什么事情，起了什么变化，她有什么想法，你有没有认真地去了解过呢？这些问题不解决，你跟我在这里说这些，就算把我们拆散了，然后呢？”

杨佩青诧异地看着他。

关澜知道面前这位是自己之前不太熟的同事、未来的老板，自己实在不应该用这种口气跟他说话，然而关澜实在是被他念叨烦了，他以前觉得杨佩青挺霸道总裁的，真不知道这个人原来话这么多。

杨佩青觉得自己可能是喝了点酒，脑子不清醒了，不然他为什么会觉得，关澜在给他助攻？

关澜递给庄麟一张乐谱。

庄麟略略看了一下这首叫作《越江吟》的歌："这是什么……这是你给我写的歌吗？"

关澜："不是我写的。你先看看。"

庄麟好好地看了看，然后评价："像八点档电视剧片尾曲。"

关澜："猜对了，就是电视剧片尾曲。"

庄麟皱眉："你要我唱这个？"

关澜："《汉宫秋》，你知道吧。李俨、黄悦主演，下个月在三大卫视开播。连拍戏带宣发成本上亿，这可不是炒作出来的噱头，是实打实的投资。制作方内部放了话，这剧收视率不过 5 就算失败，制片人要负责。你可以去查查，现在有几部电视剧收视率能破 3 的。

"明白了吗？这首歌，谁唱谁火。圈子里已经抢破头了。"

庄麟："那就让他们抢去吧。"

关澜："明天下午试音，我给你插队排了个号，你记得来。"

庄麟："我不给宫斗剧唱片尾曲。"

关澜："我没跟你商量，这件事情上你没有决定权。"

庄麟："那我总该有个投票权吧？"

关澜："可以，你、我、你经纪人，咱们来投票表决一下。"

庄麟气闷，用脚趾想都知道齐菲会站在谁那边。

关澜："回去好好练练，我会叫你经纪人监督你的。"

庄麟："那我的专辑呢？"

关澜："饭要一口一口吃。你先把这首歌拿下来。"

庄麟："然后我就能出专辑了？"

关澜："看情况，再来一张单曲或者EP，三到五首歌，网上发行。然后你去上两个综艺，跑一些通告。起码要半年之后了。"

庄麟："为什么这么麻烦？"

关澜："时代不同了，'一专封神'的时代已经过去了。你要人先火，在大众面前混个脸熟耳熟，这样才能可持续发展。你看现在多少人，歌红人不红，都是歌坛老前辈了，最后还要跟草根素人一起上选秀节目。"

庄麟被勉强说服了。

临走前他问关澜："你怎么就那么确定明天我能拿下来？这里面不会有什么内幕吧？"

关澜："我为什么要内幕你？我有什么好处？"

有那么一瞬间，庄麟以为那个他期待已久的时刻终于来了，关澜终于要向他要好处了。

但是关澜接下来的话没有向着庄麟想象的方向发展："你也说了，不过就是个宫斗剧的片尾曲。你要是连这个都需要我黑幕，那你趁着年轻赶紧转行吧。"

试音的竞争非常激烈，关澜这话不可谓不狂妄。

偏偏庄麟也不是什么谦虚的人。

庄麟："说的也是，唱一下又不会死。"

第二天试音的情况跟关澜料想的差不多。

关澜先前一拿到这首歌，就觉得给庄麟唱太合适了，从音色到气质，完全合衬，没人能唱得比他好。

果然庄麟一开嗓，“银瓶乍破水浆迸”，才唱了两句，导演和编剧就表示不想听别人唱了，就是这个人了。

问题出在制片人那里。

制片人就是觉得应该找个女声，对一切男歌手都是一副“我不听我不听”的态度。他喜欢之前一个叫胡倩倩的女歌手。

胡倩倩唱得也不错，但在关澜看来还是比庄麟差了点感觉。

电视剧剧组，制片人是天，但导演和编剧两个人的意见也不容忽视，局面就僵住了。

最后还是关澜出来说，我们可以录两个版本，一个男声版一个女声版，实在不行再来个男女对唱版，到时看最终效果决定用哪一版。

目前没有别的办法，两方只好各退一步，按照这个方案来执行。

第二天，庄麟跟胡倩倩进棚录歌。

这种电视剧片尾曲，再怎么大制作也不至于要关澜亲自盯着。关澜在棚里待了一会儿，看一切按部就班，就出来了，出了门就被任晓飞堵住：“关总关总，杨总叫您现在过去。”

这个杨总当然不是杨佩青，而是天龙的大老板，杨佩宁。

在公司内部，为了区分两人，一般私底下称杨佩青为“小杨总”。而且，杨佩青跟关澜平级，要是有事找他，起码得亲自给他打个电话，不能摆这样的谱。

关澜头皮一紧。

他工作许多年了，但这样单独被老板叫去，心情依然像上学时去老师办公室一样。

关澜没想到，杨佩宁找他，竟然就是为了这次片尾曲的事。

杨佩宁：“这个庄麟，是哪里的？”

关澜：“我刚签的。”

杨佩宁：“嗯，唱片约是咱们的，经纪约呢？”

关澜心里一沉，已经大概猜到他的意思了。

关澜：“经纪约在慧新。”

杨佩宁慢慢道：“这个片尾曲的事情，既然交给我们来做，我的意见还是，我们应该有所侧重，重点放在我们自己的艺人身上。你觉得呢？”

胡倩倩是天龙的人，经纪约签在天龙。

关澜：“最后选谁，还得剧组那边定，我的意见没什么价值。”

杨佩宁：“你不要拿这种话搪塞我，剧组那边选谁，那还不好控制吗？”

的确，电视剧片尾曲不是现场演出，后期制作的质量举足轻重，而后期是由关澜这里负责的。

关澜：“杨总，我跟您交个实底。庄麟这个人我很看好，我是要花大心思捧他的。”

杨佩宁抬眼：“看好，那就更不行了。把他捧红了，那不是‘为他人作嫁衣裳’吗？”

说白了，关澜费心思把庄麟捧红了，他们挣的也就是那点卖歌卖唱片的小钱，而他后续的通告费、代言费、演出费，这些都被庄麟的公司坐收渔利了。

从杨佩宁的角度来看，这当然十分不划算。

幸好大老板还给他留了一线生机。

杨佩宁："你要是真的看好他，我让佩青安排人跟他接触一下。"

这就是要把庄麟彻底挖过来了。

杨佩宁："今天佩青在外地，明天你找他谈一下，我会跟他打个招呼。"

关澜内心暗骂了一声。

不要啊老板！你帮我跟他谈吧老板！我跟他有仇啊老板！夺妻之仇啊老板！

人不能撒谎做坏事，果然遭报应了！

关澜不能告诉自己老板"你弟弟跟他女朋友分手了现在他把我当成他的情敌"这种事情，只好硬着头皮准备去找杨佩青。

关澜以前觉得杨佩青不管怎样，基本的职业道德还是有的，不会公报私仇，但自从知道他在陈锦那里告了自己的黑状后，关澜对他的人品就没什么信心了。

因此他在找杨佩青之前，先找了陈锦。

关澜："你得对我负责。"

陈锦受到了惊吓："我对你做什么了？"

关澜："我现在撞在你前夫手里了，你去把他给我摆平吧。"

陈锦："他这个人，渣是渣了点，可不会因私废公，不会在工作上挟私报复你的。"

关澜："那是一般的仇怨，我这可是夺妻之恨，谁知道呢？"

陈锦："如果我跟他正常交往期间，我外遇跟你好上了，我们联手把他'绿'了，然后我把他甩了转投你的怀抱，那叫夺妻之恨；

我跟他分手，然后遇见了新的人，这叫恋爱自由，怎么能叫夺妻之恨呢？”

关澜：“就算我真敢当西门庆，他也不是武大郎，他还不第一时间把我给灭了。”

陈锦：“我可以勉为其难地和你分个手。”

关澜：“这能解决什么问题？我从头到尾都是无辜路人好吗？你们两个，就不能坐下来心平气和地谈一谈，不要吵架，把什么历史遗留问题都好好地说清楚吗？要么干干净净地一刀两断，要么清清爽爽地重新开始，不要再这样藕断丝连地纠缠不清，这样你好我好大家好，全世界人民都松了一口气。”

陈锦：“你去谈一场恋爱，就不会这么天真了。不是什么话都能说清楚的。”

关澜：“谈成你们这样，不如不谈。”

陈锦：“我知道了。我们俩的事儿不该连累你。我去告诉他，咱们两个是假的。”

关澜看她忽然这样懂事，反倒有些不好意思了：“算了，这样你没面子，我也没面子。你就说咱俩分手了吧，和平分手，好聚好散。”

第二天，关总跟小杨总开会。

关澜一看杨佩青的神情和精神状态，立即知道了两个事实：

第一，陈锦已经告诉杨佩青他俩分手了。

第二，陈锦又在杨佩青那里过夜了。

这一对“作精”，关澜决定这辈子也不要掺和他们两口子的事了。

杨佩青：“大概情况我已经听说了。现在关总需要我这边怎么配合呢？”

关澜：“按佩宁总的意思，是要您这边派人跟庄麟接触一下，跟他谈一谈经纪约。”

杨佩青：“那关总看，我这边几个经纪人，谁去合适？”

关澜向来分寸感十足，别人家的内政绝不掺和：“看您安排，咱们天龙的经纪人，当然个个都是好的。”

杨佩青:“说实话,看歌手的眼光我不如关总,既然关总说他会火,那我去挖他就是。我比较感兴趣的，是他的经纪人齐菲。”

关澜：“您的意思是……”

杨佩青：“我看中她好久了。这一次，咱们既然出手拔萝卜，就要连根拔起。”

关澜没料到这次的进展这么顺利，大概也仰赖杨佩青人逢喜事精神爽。

等到两人的助理都退了场，办公室里就剩他俩了，杨佩青忽然问关澜：“这个庄麟，是不是之前跟你在会议室过夜的那个？”

关澜：“……没过夜。”

杨佩青：“看来你是真的很看重他啊。你放心，我肯定把人给你弄过来。”

关澜：“多谢您了……”

杨佩青：“那你跟陈锦为什么分手的呢？”

关澜：“是她甩的我，不如您去问问她？”

杨佩青向他露出一种“同是天涯沦落人”的神情。

关澜觉得，好像误会更大了。

挖庄麟这个事情，杨佩青使出了十二万分的力气。

虽然关澜和陈锦“分手”了，但陈锦可有跟前任纠缠不清的累累前科，杨佩青仍然对关澜抱有十足的警惕心。最好关澜醉心事业，把陈锦忘到天边去，陈锦就能跟他这个正确的前任纠缠不清了。

庄麟的老东家对此有心理准备。从庄麟把唱片约签出去，他们就知道天龙挖人不会挖到一半，肯定要连歌带人一起挖走的。现在庄麟并不红，也没显露出要红的迹象，所以只要能和天龙谈个好价钱，公司也不会很肉疼。

但是他们不知道，杨佩青要连齐菲也一起挖走。

杨佩青十分阴险，这边跟慧新就庄麟的事情扯皮，讨价还价，一副公事公办的嘴脸，私下里却跟齐菲接触，暗度陈仓。庄麟转约的条件一敲定，齐菲这边就提了离职，等到慧新发现连金牌经纪人都被人撬走了，齐菲在天龙都已经办完入职手续了。

庄麟拿到合约，还留了个心眼仔仔细细地看了好几遍，发现这就是一份常规的艺人合约，竟没有任何陷阱，待遇还要比先前的公司更优厚一些。

他开始觉得，自己先前对关澜是有些小人之心了。

庄麟：“好了，这下连歌带人都捏在人家手里了。”

齐菲：“你的歌在关澜手里，人还在我手里，我的上级是杨佩青，你要搞清楚公司的架构。”

庄麟：“一个公司的，有什么区别。”

齐菲：“据说关澜跟杨佩青不对付，两个人有感情纠纷。”

庄麟听到“感情纠纷”心里一惊：“什么感情纠纷？”

齐菲："圈子里的八卦，捕风捉影的，不靠谱。同事之间不和的原因多了，也不一定就因为感情的事情。但他俩不和是真的。"

庄麟好气："这个人……这个人怎么谁都招惹呢？"

齐菲看向他，目光如电："也招惹你了？"

庄麟闭嘴。

还能不能让人正常说话了？

好在齐菲没继续这一茬："我知道，跳槽这个事情，我做得不太地道。但你知道天龙给我开多少工资吗？我出来上班就是为了钱，我为什么要跟钱过不去啊。"

庄麟："自主择业，双向选择，你签的是劳动合同又不是卖身合同，姐，我没觉得你哪里不对。"

齐菲："所以，你就只对关澜的道德要求特别高，对吧。"

庄麟："不是一码事！"

齐菲："那是怎么回事，你爸给你留下的童年阴影吗？"

庄麟："跟我爸有什么关系啊！"

齐菲："你讨厌花心滥情的男人不是因为你爸吗？或者难道是……你在国外受过猥琐老师的骚扰，所以对这个特别敏感？"

庄麟："哪儿跟哪儿啊！你想象力也太丰富了吧！"

齐菲："你爸那叫背叛婚姻，人家关澜这是享受单身，有本质上的区别，你要弄清楚。"

庄麟："多少年前的陈年旧事，我妈都不记得了，我还耿耿于怀干什么！根本跟这没关系！"

齐菲叹气："你把这些可能性都否定掉，那就只剩一种情况了。"

庄麟已经预感到她要说什么："你不要说了……"

齐菲："我偏要说。"

庄麟："……"

齐菲："后宫争风。"

庄麟想，我要是真的进了宫也就罢了，问题是我现在还在宫门外头扫大街呢！

庄麟这边转约顺利，他拿下《越江吟》也就没什么悬念了。

最终电视剧用了庄麟版本的片尾曲，而由于天龙的争取，前期网络发行的版本是庄麟、胡倩倩的对唱版本。

《汉宫秋》开播前夕，制作方花了大价钱做宣传，网络上铺天盖地的都是这个剧的预告片和片花，这首片尾曲也跟着未播先火。天龙趁势推出了MV，庄麟在里面一露脸，就圈了一大票粉丝。这时再有"热心路人"把庄麟之前在YouTube上的视频搬运过来，再扒一扒他华丽的学历，庄麟新开通的认证微博只发了一句"大家好"，就有了六位数的粉丝。

一切发生得太快，快得让庄麟感觉有点假。

等到《汉宫秋》正式开播，收视率一路破3、破5，这首歌就开始在各大金曲榜上霸榜，真正火到了市井传唱的地步。

这天关澜刷微博，看见庄麟又上了热门话题。

《音乐才子庄麟：〈越江吟〉的火跟我没有什么关系》。

记者："现在《越江吟》取得这样的好成绩，你是什么感受呢？"

庄麟："之前有前辈告诉我，这首歌谁唱谁火，要我一定抓住这个机会，现在看来确实如此。我现在有了那么点名气，是因为这是一首好歌、《汉宫秋》是一部高质量的电视剧，这里面其实没我什么功劳。这歌真的是谁唱谁火，你唱你也火。所以这其实不是我想要的那种知名度，我离自己的目标还差得很远。”

这小子真的是什么话都敢往外说。

但网友们意外地很吃这一套，纷纷赞扬他是一个“耿直 boy”。

记者：“你现在已与天龙娱乐签约，我们未来能不能期待你与关澜老师的合作呢？”

庄麟：“我能与天龙合作，可以说就是被关老师三顾茅庐打动的。”

还三顾茅庐……你是出国太久不会用成语还是真的不知道“谦虚”两个字怎么写？

第十一章

综艺相遇动心神

就在庄麟火起来的这段日子，关澜又抽空上了个综艺。

他已经把大多数通告都推掉了，然而还是免不了偶尔要为通告费折一下腰。

还是陈锦他们的节目——《超新星》。

这一次是友情特辑，节目组要求每一位固定成员邀请一位朋友，与自己组队完成竞赛任务。

陈锦就给关澜打了电话："三天两夜，海南双人游，来不来？"

关澜对旅游有点心动，但在了解事情原委后，十分无语："朋友，你是不是忘了，咱俩已经分手了？"

陈锦："分手了就不能做朋友了吗？唉，这次录制时间很长的，我也不是请不到别人，但是跟人家装熟装三天很累的。就算我演技没问题，对方要是演技不自然，还得招黑。"

关澜认为她这是委婉地在表示"我就你一个朋友"，至少是"我在娱乐圈里就你一个朋友"。

所以，关澜最后还是同意了，一半是看陈锦的面子，一半是看海南的面子。

当然，他并不懂得这里面的门道。对于请谁参加节目，陈锦可以说没有什么决定权，最多有个提议权，最终拍板的还是节目制作组。

而这个节目的制作组，对关澜有种谜之热爱。

他真是好久没出去旅游了。

结果下了飞机，又坐了三小时的大巴、两小时的板车，他才发现不对——阳光呢？沙滩呢？椰子呢？大海呢？这是哪个山沟？

陈锦这个满嘴跑火车的，再信她我就是猪！

海南双人游，既不是海南，也不是双人游。

到了节目组准备的营地，跟其他队伍会合，就有青年元气满满地跟他打招呼："你也来啦，关老师！"

竟是 NEXT 的队长宁讯。

关澜难得看见熟人，还挺高兴："是，我跟陈锦来的。你呢？"

宁讯往身后一指："方龙师兄带我来的。"

关澜对这些综艺咖都只停留在脸熟的程度，远远称不上认识。他猜测这个方龙大概是跟 NEXT 一个公司的前辈。

宁讯："我听说晚上要拼着住，您跟陈锦住也不方便，要不咱们住一起吧，我刚刚转了一圈，别人都不太熟。"

关澜："是吗？都有谁？"

宁讯开始掰着手指头一对一对数："梁燕燕和陈茹、秦仲文和刘墨、李彦尧和庄麟、张……"

关澜打断他："等会儿，谁和谁？"

陈锦："嗯，就是你的那个庄麟。"

关澜顾不上纠正"你的那个庄麟"这个说法，千言万语化作一句话："为什么？"

陈锦："李彦尧上次参加完节目，就对综艺产生了莫大的兴趣，回家跟他爸爸撒娇要了几千万投给节目组，就留下来做了固定役。节目做了好几期了，也就你这种不看电视的人不知道。庄麟是他请来的朋友。"

如果你说一个人的名字说了太多遍，那个人就会听见。

关澜左边宁讯，右边陈锦，一抬头，正对上庄麟的目光。

拍摄一开始，关澜就被这个综艺的恶意糊了一脸。

晚上住宿，节目组诚恳地告诉他：每一对朋友，我们只准备了一个房间，具体怎么住，你们自己安排。

他当然不能跟陈锦抢这唯一的一间房了。

关澜：“那我住哪儿呢？”

节目组：“您自己协调吧。”

关澜：？？？

关澜：“导演，那我跟你住行不行呢？”

导演：“不行啊，我们工作人员的房间里没有摄像机，您跟我们住，晚上的镜头里可就没有您了。”

卧室里还要放摄像机？

你们这是正经节目吗？

关澜吃人嘴短，大笔通告费拿着，只好服从命令听指挥，自己解决住宿问题。

幸亏这期节目他还有那么一两个熟人。他还记着宁讯白天时跟他说可以过去一起住，就去敲人家的门。

门一开，屋里竟有四个人。

庄麟和李彦尧也在。四个大小伙子年纪差不多，他们在……打牌。

关澜一进门，八只眼睛齐齐看过来，他有点莫名地尴尬。

关澜：“节目组给我和陈锦就安排了一间房，我没地方住了，过来跟你们挤挤。”

宁讯很开心：“没问题啊关老师！我看这床大得很，咱们挤一挤没问题！”

关澜虽然心里没什么数，但也知道自己绝不能跟宁讯睡一张床，偶像男团粉丝的战斗力，他一点也不想领教。他连忙道："我去找酒店要一套被褥，我睡地上就行。"

宁讯："怎么能让您睡地上呢！要不您睡床，我睡地上！"

关澜知道NEXT这个团体是韩国团队打造出来的，韩娱圈子最讲一个年齿列序、论资排辈，前辈后辈的位置排得门儿清，自己这个老家伙今天如果睡了地板，宁讯一定浑身难受，宁愿把床空着，也要跟他一起睡地上。

可对于关澜来说，自己到人家的房间来，占了人家的床，把人家撵到地上去睡觉，这也实在太没礼貌了。

庄麟在一边眯起了眼睛。

他跟关澜已经有了业务上的合作，按说已经算是熟人了。他以为关澜就算没有地方住，一定最先来找自己，自己还要好好考虑考虑要不要收留他。

没料到，关老师不愧是业内大佬，真是交际广泛，手头一点也不缺小鲜肉。

那边还在为住宿问题争执不下，庄麟慢悠悠开口道："关老师不嫌弃的话，不如去跟我挤挤吧。"

关澜很诧异。

他是不嫌弃庄麟，但他觉得庄麟挺嫌弃他的。现在庄麟开了这个口，实在让他很意外。

关澜："你知道房间里有摄像机吧？"

庄麟："怎么了？"

关澜："你刚刚签约到我们公司，你的首专是我操刀，相关通稿都已经放出去了，你知道吧？”

庄麟：“您想说什么？”

我想说什么？这么个时候，让全国人民都看到咱俩睡在一起，关系这么亲近，真的好吗？名声什么的，他关澜是可以不在意，没想到他庄麟也真是心大啊！

毕竟还有别人在场，关澜也不好把话说得太明白，李彦尧却是听懂了。

李彦尧想，这不对啊！这俩人到底什么情况！庄麟跟关澜第一次见面时那副一脸不屑的样子他还历历在目，短短一个月时间，他这个发小身上到底发生了什么啊！

李彦尧试图折中：“哎，关老师跟我睡得了。”

关澜：“没想到我还挺抢手的……”

庄麟：“既然您提到首专，我还有好多专业上的问题想要请教您呢。”

关澜知道，庄麟这人，心气高、脸皮薄，话说到这份上，他再拒绝，就是让庄麟没脸了，遂开玩笑道：“行吧，我今天就宠幸你了。”

庄麟哼了一声，居然没有生气。

酒店标间的床挺大，关澜又去要了一床被子，两个男人并排躺下，也不显得拥挤。

庄麟：“您跟宁讯很熟啊？”

关澜“嗯”了一声：“还行吧，给他们写过歌。他们团素质不错，你也可以关注一下。”

庄麟就拿出手机，先搜索“宁讯”，再搜“NEXT”，最后搜“NEXT

关澜”。

庄麟：这什么？

他搜出一些奇怪的同人小说。

他挑一些篇幅短的粗粗看了一下，发现关澜在这个偶像团体的同人界里，实在是举足轻重的一个角色。不管这四人之间是怎样的关系，关澜的位置只有一个：只手遮天、强取豪夺的大反派。

庄麟好像这时才想起来，关澜在圈子里是怎么样的一个名声。

两个人都躺到一张床上了，庄麟才明白关澜之前问他那两句话是什么意思。

现在把人撵下床去，好像不太合适吧。

关澜看庄麟抱着手机神色诡异，完全想不到他正看着自己的同人文打开了新世界的大门。

关澜：“你不是说有专业上的问题要问我吗？”

庄麟没料到他还记得这一茬。

关澜也知道他就是随口一说，其实并没有什么专业问题——就算有什么问题，一定要今天晚上讨论吗？

他看庄麟脸色有些尴尬，忍不住起了一些恶趣味：“你没有问题啊？原来你就只是为了骗我跟你一起睡是吧？”

庄麟脸色一黑，硬邦邦道：“是您先提到首专的事情，我就是想问问您，到底是怎么安排的。”

关澜的笑容淡了一些。

关澜：“你来上这个节目，是谁的意思？是公司给你安排的宣传规划吗？”

庄麟："是公司的意思。正巧有这个机会，我跟彦尧从小认识，十几年的交情了。"

关澜转过头看了他一眼："我也不怕跟你直说，在你没有拿得出手的作品之前，我是不想你出来接通告的。我先前带陆青就是这么要求她的——那个时候她已经有一些名气，唱过两首让人听着耳熟的歌了。我跟她说，'我是照着歌后的标准在带你的，我不想你唱两首口水歌、挣两波快钱就迅速过气，烟花一样，火个三秒钟就带着一身煳味儿扑到土里。我要你做星星、做月亮，可能一时间没有人家亮，但你掉不下来。你在拿到金麦奖杯之前，跟唱歌没有关系的事情，什么上综艺、出通告、炒作花边绯闻、客串影视剧之类的，都不许做。'"

关澜倦了似的眨一眨眼睛，神情隐没在夜色之中："她做到了。她就每天老老实实的，被我圈起来唱歌，一直到她金麦奖封后。"

庄麟闻言，从床上半坐了起来，认真道："你如果对我提这样的要求，我也会照做的。如果你觉得我来做综艺不好，我明早就回北京。"

关澜笑："小孩儿话，你这还没出名呢，就要大牌？现在退出节目，以后你在圈内还待不待了？全行业封杀你信不信？"

"陆青那个时候，我权力很大的，我手底下的歌手就跟卖给我了一样，我说一不二。现在公司改制，我只负责音乐这一块，你的其他行程安排，我是不能管的。"

"那都是几年前的事情了……时代变了，对待陆青的那一套，现在行不通了。热度优先，流量为王——我也不太懂。现在哪一套行得通呢，说实话，我并不明白。"

庄麟：“你那天跟我说的话我始终记着。我并不是不想要流量、不想要热度，我只是希望，我的名气来源于我的作品。”

关澜有些困倦了，闭上眼睛：“嗯，咱俩是一路人。不过我有什么资格说你呢，我能比你清高到哪儿去，我自己这不也出来挣快钱了吗……你好歹是个歌手，本来就应该在台前曝光的，而我就应该只是你们唱片封面上的一个名字，别人根本不应该知道我长什么样。”

庄麟：“你这个长相，不让人看也蛮可惜的。”

关澜笑：“我怎么听着你这话阴阳怪气的，不是在损我吧？”

庄麟一年也不见得能夸人一句，被夸的人还不领情，他顿时一句话都不想说了，堵着一口气翻身睡去。

第二天一早，关澜跟陈锦会合。

陈锦看李彦尧不太精神，笑着问道：“没睡好啊？”

李彦尧：“快别说了，昨晚上两个人唧唧哝哝的也不知道在说什么，唠到半夜，把我睡意都吵没了，他俩倒是睡得挺香！”

陈锦给了关澜一个促狭的眼神：“你昨晚不是去找宁讯了吗，怎么睡庄麟床上去了？”

这个表达方式真的很奇怪，关澜拒绝回答这个问题。

这一天的系列任务是：找到神奇的花盆，拿到神奇的种子，取到神奇的泉水，就能得到神奇的七色花。拿着神奇的七色花，可以找到最终任务地点的线索，最先到达任务地点的队伍获胜。

关澜多年以来四体不勤，实在不太好意思在全国观众面前暴露自己体力不佳的短板，遂有些无耻地把需要体力的花盆任务推给了陈锦，自己去做看上去比较需要脑子的泉水任务。

说来惭愧，陈锦作为一个常年山里来水里去的综艺咖，身体素质真的比关澜这个常年坐办公室的万年宅男强多了。

泉水任务需要先完成立体拼图，拿到水晶杯，然后去取山泉水，拿着泉水走过吊索桥，就算成功。

关澜发现，立体拼图这个东西并不需要脑子，只需要动手能力。

小学手工作业从没得过优的关澜压力很大。

昨天比赛中垫底的中年影帝总算扬眉吐气了一把，他说在家经常陪儿子玩这个，果然上手很快，手指翻飞间一座微型的故宫就成了型，飞速地奔赴下一个任务去了。

关澜憋了一脑门子汗，又拿了个倒数第二——倒数第三是庄麟，他不知道庄麟是不是故意掐着点，就比他提前半分钟弄完。

两人一起去接了泉水，准备过吊桥，又遇到了节目组整的幺蛾子。

过吊桥不许穿自己的鞋，只能选节目组准备的鞋。

正常一些的，像是运动鞋、胶底布鞋、过膝长靴这些，都被前面的人穿走了。

剩下三双，一双洞洞凉拖鞋，一双尖头细高跟，还有一双，是拿厚纸板和胶带糊成的人字拖。

庄麟看了关澜一眼，拿走了纸板拖鞋。

他决定关爱一下四体不勤的“老年人”，把最好穿的洞洞鞋留给关澜。

关澜叹了口气，选了细高跟。

这个任务真的应该让陈锦来的……

关澜："燕燕还在后面。咱们大男人辛苦一下，别为难人家女孩子。"

庄麟气到心梗，开始换鞋。

好好好，你绅士、你怜香惜玉，我想照顾照顾你，还真是多余了！

这双高跟鞋尺码十分大，男人的脚也能穿进去。

关澜总算是理解女同胞的辛苦了。这双鞋的跟不算很高，可关澜在平地上就已经站不稳了，更别说还要举着水杯过吊桥。手里的水稀里哗啦地洒了好几遍，最远也没走过四分之一，关澜十分绝望。

庄麟那边也很难受。纸板鞋严重不合脚不说，鞋底没有摩擦力，一步一打滑，走到桥中间时，直接摔坐在桥上，手里的杯子都摔到河里去了。

庄麟找节目组领了新杯子重新接了水，看到还在岸边跟高跟鞋较劲的关澜，心中一动。

庄麟："关老师，咱们合作吧。"

绝望的关澜仿佛看到庄麟身上长出了两个翅膀，头顶上还在发着光。

庄麟："我背你，你帮我扶着栏杆，拿着水杯。"

关澜立刻觉得这个办法好，但心底还残存着一点大男人的自尊心："怎么能让你背我呢？不太合适吧。"

庄麟："你有别的办法吗？"

关澜："……"

庄麟直接转过身，俯下身来，把关澜背了起来。

关澜低低地惊呼一声，有点尴尬："咯，沉不沉？"

庄麟两手扶着他的腿，说："嗯，有点沉。"

关澜觉得，自己这整期节目都在不停地丢人，只有最后一个环节稍微帅气了一下。

最终任务进场之前要做一道题：写一句话，不少于十五个字，要求语句通顺，并且整句话只能用一个声调。

关澜都没有思考，直接提笔在题板上写：加菲猫今天飞苏州观樱花，相当开心。

关澜："正好十五个字。"

陈锦："你好厉害……"

关澜："我写歌词的，这毫无难度好吗。"

说完他把庄麟的题板拿过来，写：奥特曼到绘画教室做作业，却上课睡觉。

后赶到的两个姑娘看着这两个题板，捂嘴笑道："好萌好萌，这两句话好可爱呀，关老师。"

梁燕燕："关老师、关老师，也帮我们写一句吧？"

关澜："姑娘们，做任务要靠自己哟。"

梁燕燕："哎，那你为什么要帮庄麟他们呢？"

关澜把题板递给庄麟，冲他一笑："还你的。"

庄麟被他的这个微笑重重地晃了一下眼。

这期《超新星》一播出，庄麟的人气就"坐上了火箭"。

而关澜这边依旧是粉黑参半。

有一些人认为，什么友情特辑、朋友之类的都是幌子，就是关澜带着自己的新人出来炒热度，为了捧新人脸都不要了，还要人家背你过河，你好歹是业内大佬，要点脸好不好？

然后又是那熟悉的老三样，江郎才尽、趁热捞金、乐坛要完。

关澜也是被黑着黑着，就习惯了。

他一开始还不明白，庄麟背自己过个河，自己怎么就不要脸了，看了节目才知道，这个节目组后期真的有问题，挺正常的一个场面，给弄得奇奇怪怪的，配上了莫名其妙的特效和背景音乐，难怪人家说他们。

更别提他们之前还一张床上睡了一宿。

第十二章

灵魂乐章共轰鸣

“《汉宫秋》第一轮播出完毕，靠一首歌获得的热度，这就算是见顶了，是时候准备你的EP了。”关澜递给庄麟五首歌，“这回给你决定权——挑三首吧。”

庄麟：“不能唱我自己写的歌吗？”

关澜：“你的歌还拿不出手，等你的专辑再说。”

尽管庄麟料到了他的这个回答，但还是有点被他的直白伤到。

庄麟开始翻看这五首歌。

庄麟：“都不是你写的。”

关澜：“是我给你挑的，肯定是最适合你的。”

庄麟：“为什么没有你写的呢？”

关澜：“也不是什么人都能唱我写的歌的。”

庄麟想，你就装吧，你都给我写好了，我知道。

“我听人说，你把我签过来之前就给我写好歌了，就等着我过来唱呢。”

关澜皱眉：“你听谁说的？”

听你自己说的呀。

这是关澜那天酒后吐露的，第二天他自己就忘了。但是庄麟不太想说。

庄麟：“有这样的传言。”

关澜回忆了一下，实在不记得自己跟别人提过这件事——只能说现在的传言真是神通广大。

关澜：“是有那么一首，不过其实是我好几年前写的。

“那一阵不是流行中国风嘛。中国风很久之前火过一阵，之后又开始火第二波，我赶上的就是那第二波。我其实不会写这个风格的，底蕴不够，怕露怯，不过跟跟风而已，自己写着玩玩。你知道集句吗？就是拿人家现成的诗句，做七巧板，再拼凑出一首诗来。我就干的这个事，拿了几首宋词，凑出了一首歌。”

庄麟：“曲呢？”

关澜：“伴奏用的小提琴和木吉他。”

庄麟：“美国乡村风？”

关澜笑：“有点像，也不全是。毕竟是自己写着玩的，况且宋词在过去也不是什么高雅艺术，就是坊间小调，说的都是爱呀、恨哪、失恋啊、景色美呀、好想家啊……乡村乐不也就是这些东西嘛，有相通之处的。”

庄麟：“好有道理……”

关澜：“我写出来之后一直没有合适的人唱，就一直搁着，后来遇到你，我一下子就觉得这歌给你唱太合适了，就跟为你写的似的。”

庄麟还没来得及开始得意，就听到了关澜的下一句话：

“就这种不土不洋的风格，太适合你了，别人都不行。”

……

原来这句“别人都不行”是这个意思，亏得庄麟之前还为了这句话美滋滋了大半宿。

庄麟：“我真想见识一下这首‘太适合我’的歌。”

关澜：“多少年前写的了，我得找找。”

庄麟以为这是一句托词，还想再争取一下，不料关澜取下了挂在墙上的吉他。

关澜："你运气好，赶上今天我有兴致。我给你唱唱。"

庄麟不知道这个世界上有多少人听过关澜唱歌，想必不会太少；他亦不知道有多少人能让关澜只唱歌给他一个人听，但愿只有他一个。

关澜抱着吉他拨一拨弦，耳后的碎发垂到脸颊边，他垂目看着琴弦的时候，眼睛里闪过细碎而温柔的亮光。

江边日晚凭栏久，

烟波满目一叶秋，

断雁无凭下汀洲，

忍凝眸，忍凝眸，苒苒物华休。

庄麟知道关澜会唱歌。他是写歌的，当然会唱歌，不管水平如何，起码不会跑调。但他不觉得关澜唱歌会有多好听，明摆着的，他这样的长相、这样的创作功力，但凡唱歌不太难听，为什么不自己出道做歌手呢？不论是名还是利，都比做幕后的制作人得到的回报多得多。

但是他唱歌竟然这样好听。

温厚婉转的深情，像暖绵的云朵做的梦。

幽欢佳会，聚散难期；

那堪酒醒，空阶夜雨滴。

故人难聚，新愁易积；

念去去，念去去，归云一去无踪迹。

庄麟从没听过这样的歌。

本是悲颓至极的歌词，木吉他的旋律却利落又轻佻，生生带出一股落拓不羁的风流味道。毫不相干的两种风格，却像天生合该融合在一起似的，那么好听。

此刻他承认创作有天才，有人天生该吃这碗饭。每个音符里都跃动着天才的灵感，令人心折，却也令人感受到仰止无期的绝望。

拟把疏狂图一醉，
断鸿声远四天垂，
偎红倚翠，鸳鸯锦被，
为伊消得人憔悴。
烟花巷陌，白衣卿相，
把我浮名，都换了浅斟低唱。
愿把浮名，都换了浅斟低唱！

吉他声停的那一瞬间，庄麟脑中浮现的竟是一些煽情过度的午夜电台，女主持用略显造作的语气说："你有没有曾经因为一首歌，爱上一个人。"

他不知道这个莫名其妙的画面从何而起，说来有点丢人，但关澜停弦抬颈望向他的那一刻，他是真真实实地有些失神。

庄麟不愿惊扰这屋里的空气似的，轻声道："这歌给我吧，我要唱。"

关澜："嗯，是你的，等合适的时候就让你唱。"

庄麟："不，我这次就要唱。"

关澜："着什么急呢？这首歌跟这次的风格不太搭。"

庄麟："我怕等得太久，它就是别人的了。"

关澜："它已经等了这么多年，就是在等你啊。"

这一天、这一刻、这一首歌，在他们的人生中会划出怎样的弧光，彼时他们都不知道。

庄麟还没来得及好好整理一下那点令人迷惑的小情绪，就要转身投入到工作状态中去了。

在庄麟的反复强烈要求下，那天关澜唱给他听的《乐章》也会加在这次的 EP 里一同推出。

关澜："人家出 EP 或者迷你专，不是三首就是五首，你这来一个四首，可以，很有个性。"

庄麟："咱们做音乐的，'四'就是'发'。"

关澜："你去的是假美国吧？"

庄麟："嗯，可能。"

关澜觉得庄麟最近有点可怕。

跟他说话也不横着说了，也不会习惯性顶撞他了，好像一下子从之前那个较着劲的状态拧回来了，现在的庄麟言语温和，行为顺从，他说什么就是什么，特别听话。

关澜不觉得庄麟是突然领悟到了长幼有序的传统礼仪，决定开始做讲文明懂礼貌的三好新人，但他又不知道到底是为什么，因而心里有点毛毛的。

关澜："行了，发就发吧。你去吃顿好的，准备进棚了。"

庄麟开始还不明白，进个录音棚而已，为什么还得吃顿好的。

到了半夜，他就懂了。

那时，他还在录音棚里。

关澜也不发火，也不骂人，就只把袖子一挽，谱子一撂："副歌再来一遍。

"庄麟你去喝点水，休息二十分钟，然后再来一遍。

"外卖到了，别在棚里吃，三十分钟后回来，咱们再来一遍。"

……

其他工作人员显然都对他这一套极其习惯了，半句废话也没有，看上去个个都做好了奋战到深夜的准备。

庄麟作为歌手不能吃得太饱，不然要影响一会儿的发声状态。关澜给大家订了丰盛的消夜，到他这儿就只有一杯柠檬水和一小块便利店买的三明治。

庄麟就咬着那一小块三明治，看着关澜一手拿着咖啡一手拿着手抓饼，嘴角上还沾了一点点黑椒酱。他看着关澜把那块饼三两口吃完，然后抱着咖啡刷微博，严肃的神情舒展开来，脸上带上了放松的笑意。

庄麟就这样看着他，还是有点想不明白——这个人，长得好看，唱歌好听，为什么不自己出道，偶尔出个镜，还老大不愿意，总觉得自己为金钱折腰了似的。他到底为何这么别扭啊？

最后折腾到凌晨，总算是完事了。

关澜："今天辛苦你了，我送你回去？"

庄麟："好啊。"

关澜觉得自己可能想多了，这人分明一点都没有变得懂事嘛。

他哪知道庄麟就是单纯不想跟他说再见，这时候他就算是说"咱俩去绕着二环跑步吧”，庄麟也会一秒都不思考地答应下来。

关澜还不知道，他用一首歌让庄麟折服了。庄麟现在彻底接纳认可了他这个人，从人格魅力到艺术修养再到业务水平，那是一种灵魂对灵魂的敬意。

他已经明白外界对关澜的种种传说恐怕其中水分很多，就算没有，就算他关澜真的人品败坏，庄麟也认了。

风里雨里，跟定你了。

二环上车很少。

庄麟：“我这也算是见过凌晨三点的北京了。”

关澜笑：“其实今天你录得挺好，按正常进度不至于弄到这么晚，不过你们小杨总给我定了最后期限，月底之前新歌务必全网上线，不能等前一阵的热度冷下来。咱们就只好赶一赶工了。”

庄麟：“我理解，再晚一点我也没问题。”

关澜：“看来你们小杨总这是很看好你，想要花心思捧你呢。”

庄麟：“都是看你的面子。”

关澜：“我可从来没叫他特意关照你。杨佩青这个人，其他的方面是不太着调，不过看艺人的眼光，绝对是很准的。”

庄麟想起之前齐菲跟他说，关澜和杨佩青有感情纠纷。

庄麟：“你说其他的方面，是什么方面？”

关澜侧过头来带点揶揄地看着他：“你这是在跟我打听你们老板的八卦吗？”

谁在意杨佩青的八卦啊！

既然提到了公司的事情，关澜就想着，要不要叮嘱庄麟几句。

关澜已经是一个很心大的人了，脑子里没有几根争权夺利的弦，但到底也是一个拼杀多年的职场老人了，他看庄麟好像比自己当年还要愣头青的样子，在这个波谲云诡的圈子里，实在是令人担忧。

犹豫了半晌，他还是开口了。

关澜："跟你对唱《越江吟》的胡倩倩，你跟她合作这一次就算了，以后不要走太近。"

庄麟："我知道，不会闹出绯闻的。"

关澜从后视镜里看他："她是老林手底下的人。"

庄麟歪头想了想："林建晖？"

关澜："嗯。"

庄麟："你跟他关系不好呀？跟杨佩青有关系吗？"

关澜失笑："不是一回事。你记住就行了，现在你不管愿不愿意，都已经是我这一派的人了。咱们没有害人之心，但总归要有点防人之心。"

庄麟闻到了八卦的味道："公司里还有山头的吗？"

关澜："公司大了，难免的。这个圈子本来就戏多，有时候不是你想置身事外就可以做到的。"

庄麟："那这个……老林，他以前害过你吗？"

关澜："说害有点过了，不过他对我真是不太友善。"

在庄麟的强烈要求下，关澜略略讲了几件无关紧要的陈年旧事。

最后他总结发言："所以叫你长个心眼，不要跟他的人接触太深，他倒不能拿我怎么样，但影响到你就不好了。"

庄麟感叹道："娱乐圈啊，水真是深。"

关澜闻言禁不住笑了："这叫什么娱乐圈，充其量算是办公室斗争。真正的娱乐圈，你还没见识到呢。"

庄麟："他这样对你，你们老板不知道吗？他又没有你有能力，成绩也没你好，老板不想想办法管管他吗？"

关澜："老杨那么精明，哪有不知道的道理。他也不是那种顾念裙带关系的人，他心里门儿清，我是给他挣钱的，所以要我当部门老大；留着老林，时不时恶心我一下，无非就是分权制衡，怕我一家独大，这叫领导的艺术。老林能力不行，可是他忠啊。领导总是需要这种人的。"

说完这话，关澜觉得自己简直像个专门钻营职场厚黑学的油腻中年男人。

庄麟："你不忠吗？"

关澜虽然没有过跳槽的念头，可他禁不住想起了师父对他提起过的，单干创业的事情。

关澜打了个转向："能力越大，野心越大，这也是难免的。"

关澜驶进了社区，在庄麟住处楼下减速停车。

庄麟换了公司，自然不住原来的地方，搬到天龙的艺人公寓了。

关澜："行了，今天辛苦了，回去好好休息吧。"

庄麟根本不想上楼，他宁愿跟关澜在车里坐一宿。

庄麟："这么晚了，你还要开夜车回去吗？不如就在我这里住一晚吧。"

关澜惊奇地看着他。

庄麟后知后觉地发现这话说得不太合适。

不过关澜倒没有多想，只是觉得庄麟这两天仿佛突然被打通了人情世故上的任督二脉，变得这么会说话会来事儿了，这真是一件十分神奇的事情。

关澜："得了，我住你家算什么事儿。现在路上也没车，我二十分钟就开回去了。"

庄麟："又不是没住过。"

关澜："嗯，就上次住的那宿，你经纪人看我的眼神就跟我拱了她家的大白菜似的。"

庄麟："……"

见过自黑的，没见过自黑得这么狠的。

关澜："这里人多眼杂的，你现在也是出门要遮脸的人了，被人拍到了怎么办。刚出道就闹出这种新闻，杨佩青还不得把我灭喽，就算能公关掉，不发新闻，被记者拿住把柄，也是很难受的。

"你赶紧上楼吧，好好睡一觉，明天可以晚点去公司。"

庄麟能睡好才怪。

他不傻，能看出关澜是十分看重他的。就像之前关澜对他讲的带陆青时的故事，"你在我手上是要做歌后的，我要你成为星星成为月亮"，关澜虽然从来没有对他说过这种话，但他能从关澜对待他的态度中感觉到，关澜对他差不多就是这么个意思。

他反复想了很多遍，觉得这并不是自己的盲目自信。关澜之前挖自己的那个劲头，他设身处地地换位思考了一下，深觉就连他自己都不愿意搭理这样一个粗鲁无礼的后辈新人。现在他知道关澜对自己并没有什么歪门邪道的企图，那就更加说明关澜是真的很看好他的潜力，想要用心培养他了。

更别说他们之间还有那几场推心置腹的谈话。

他觉得自己离关澜期望的音乐水平还有差距，一定要再努力一些，方能与他高山流水、珠联璧合，成为歌坛的一代佳话。

他这边越想越兴奋，不由得做了一宿的乱梦。梦里领奖台上灯光闪烁，关澜就坐在观众席第一排正中间，对着他微笑。

第十三章

谁是煲汤小王子

第二天一早，庄麟去了公司，跟领导和经纪人见完面，绕到关澜的办公室，想进去跟他打个招呼，就看见关澜在里边吃饭。

他想想，算上昨晚，这是第三次看见关澜吃外卖了。

庄麟就没进去，而是在门口跟任晓飞聊天："你们关总，天天都吃外卖的吗？"

任晓飞："只要没有饭局，一天吃两顿吧，早饭我不知道，不过估计他也不会自己做，应该也是买着吃。"

庄麟："他一个人住？"

任晓飞："他又没结婚，他爸妈也不在北京，当然一个人住啦。"

没结婚就不能同居吗？庄麟觉得关澜这个助理的世界真的很单纯。

庄麟："他这工作也太辛苦了。"

任晓飞："其实没有忙到连出门吃个饭都没有时间的地步，他就是懒。"

庄麟："……"

下午，庄麟要接受一家网站的专访，顺便宣传一下新歌。路上，齐菲跟他讲待会儿采访的要点和注意事项，讲得口干舌燥，却见庄麟一脸神游天外的表情。

齐菲有点心塞。

庄麟："我想学煲汤。"

齐菲的目光像刀子一样刮过来："你谈恋爱了？"

庄麟坦坦荡荡地看回去："我哪儿来的时间谈恋爱？我提高一下生活质量不行吗？"

其实他注重什么生活质量，在国外的时候都是有什么吃什么，有一口吃的就能活下去，面包、炸鸡、老干妈，点个大号的比萨就能吃一天，没有变成一个满脸油光粉刺的肥宅全仗着基因好。

不过这些齐菲都不知道。

齐菲："那给你请个阿姨吧，厨艺好的。"

庄麟："我钱还没赚多少，谱倒是摆得不小，请什么阿姨呀，我想自己学。"

齐菲："那你别找我，我们家也不是我做饭。不如把你妈妈接过来，她的手艺那才叫绝。"

庄麟："她有她的生意，我也不能让她把什么都扔下过来给我做饭哪。

"算了，我就是那么一说。"

他想着今天关澜吃盒饭的样子，决定回家给他妈打个电话。

新 EP 发行当天，有知名乐评人深夜发博：

"听了《乐章》，激动得睡意全无。这是天才的创作、天才的演唱！是我近两年来听过的最好的歌。恭喜庄麟，音乐才子雏凤初鸣，让世界听到了你的声音；更要恭喜关澜王者归来，用天才的作品力扫'江郎才尽'的传言，还世界一个惊喜。这首歌大有关澜巅峰时期的风范，满溢着天才的灵感，每听一遍都能发现新的细节。天才不会沉寂，这一刻我是关澜的脑残粉。"

这样一连串的"天才"，毫不含蓄的溢美之词，直夸得关澜脸上发热，他转发了这条微博，只写了一句"受之有愧"。

他的确是受之有愧，因为这歌根本就是他巅峰时期写的，称不上什么“王者归来”。

看到这么不遗余力的夸赞，关澜有些怀疑老板给自己砸了钱。不过他对这些乐评人心里有数，什么人是收钱说话的，什么人是选择性收钱说话的，什么人是收了钱照样怼你的，他心里都分好了类。这位发微博的乐评人，确实是不收钱的耿直派。

显然他在乐迷里也有不错的评价，这条微博上了热门之后，庄麟的《乐章》一下就成了当日的下载量第一名，并且远远甩出第二名一大截。

关澜：“我就想知道，这些数据多少是真的，多少是咱们刷的。”

公关经理：“大部分是真的。我们开始是找人刷了刷，后来看真实下载量已经很多了，就停下了，实际没有刷多少。”

关澜：“那就是真的火了？”

公关经理：“不用怀疑，真的火了。”

杨佩青：“关总当时不是跟老板拍着胸脯保证庄麟一定会红的吗，怎么现在倒这样不自信了？”

关澜：“江郎才尽太久，猛地写了首热歌，不太习惯。”

杨佩青：“王者归来，重回巅峰，恭喜了。”

关澜：“嗯，下周开会，总算敢在老板面前挺一挺腰杆了。再不出成绩，简直要担心被炒鱿鱼了。”

杨佩青：“关总别开玩笑，他就是炒了我都不会炒了你。咱们天龙这几个唱歌的宝贝疙瘩，哪个不是关总培养起来的。先前有周骏卓、陆青，现在又来了个庄麟。他敢把你炒了，这些人哗啦啦地都跟着你走了，他还不得肉疼死。”

关澜：“怎么就跟着我走了，公司法务又不是吃干饭的，他们签的是合约又不是手纸，还能说走就走啊？”

杨佩青：“我说的这几个人，哪个不是拼着毁约赔钱也会跟你走的，关总这点自信也没有？”

关澜莫名感觉杨佩青在套自己的话。

关澜：“他们跟着我能去哪儿，咱们公司不要我，我可就失业啦。到时候坐吃山空一穷二白，只能让陈锦养着我了。”

杨佩青脸黑了。

关澜知道自己在这里挤对杨佩青并没有什么好处，但就是控制不住地觉得爽。

他都能想象到，这位小杨总看着陈锦跟自己一起做综艺节目，是怎样一副咬牙切齿拈酸吃醋的表情。

关澜一出门，好巧不巧撞上了林建晖。

一看见老林那难看的脸色，尽管关澜觉得非常不应该，但他心里还是特别爽。

关澜破天荒地主动上前跟林建晖打招呼：“林总，好久不见了啊。”

林建晖艰难地挤出一句：“恭喜关总啊。”

关澜摆摆手：“有什么好恭喜的，一首歌而已。”

林建晖：“不愧是金曲王啊，写什么火什么。”

没有什么比听自己的敌人臭着一张脸被迫夸奖自己更爽的事情了。

关澜淡定微笑：“过奖过奖。”

林建晖：“之前关总说的新人，就是庄麟吧？真是好眼光。”

关澜心中一凛。

林建晖他莫不是在打庄麟的主意吧？他撬走自己的歌手也不是一次两次了。

庄麟先前对自己还有一些误会和偏见，可别真被老林挖走了。

他打起十二万分的警惕："庄麟也不算什么新人了，这歌也不是什么新歌，冷饭热炒而已。"

林建晖眼中闪过一丝晦暗不明的神色。

在庄麟人气核爆的这段时间里，庄麟本人，在学煲汤。

他打电话跟他妈表示了学习的意愿之后，他妈是这么说的：

"你出国之前，我就要你学一学，出去之后能吃得好一点不说，也方便以后找老婆。你怎么跟我说的呢？你说，不会煲汤的老婆，不要也罢。

"怎么，现在不要等你老婆给你煲汤了？"

庄麟恼羞成怒："你还要不要教？我去网上找教程也一样学。"

庄母又好好地嘲笑了儿子一通，才把自己毕生的烹饪手艺传授给他。

于是庄麟购置了全套的设备，在家炼丹一样反复修炼一道山药猪骨汤。

以致齐菲一进门，就差点被浓郁的排骨味儿熏了个跟头。

庄麟给她盛了一碗："怎么样？我这两天味觉都要失灵了，你帮我尝尝，有没有很鲜？有没有喝了一口就停不下来？有没有从胃暖到心，尝到了幸福的味道？"

齐菲尝了两勺，客观评价："还可以吧。"

庄麟："那还不够啊……"

齐菲整个人都不好了，学个煲汤而已，要不要这么拼？搞艺术的都这么奇怪吗？

庄麟拎出个大保温桶："不行，你从小喝我妈煲的汤，喝得太多了，标准太高。你带回去给姐夫和璐璐尝尝，问问他们怎么样。"

齐菲："你把汤放下，咱们说正事。你这两天上网没有？"

庄麟："又出什么新闻了？"

齐菲："还新闻，你红了你自己不知道？"

庄麟："哦。那不是很正常吗？"

齐菲感觉，庄麟对于音乐已经没有了爱与热情，要全心投入到烹饪事业中去了。

庄麟对这件事倒也不是不在意，不是不高兴，但是他的心思全被另一桩事情占据了。

当然不是煲汤。

事到如今，他当然想明白了，关澜对于他，是没有什么利益交换的企图的。

或许一开始他是想的，但后来发现自己实在是有才华，不愿意用对待寻常艺人的态度对待自己，就放弃了。

因为提出无理要求的最好时机，一是没红之前，二是将红未红之时。关澜签自己之前没提，把他的歌给自己唱之前没提，现在歌都发了，自己该有的知名度也有了，再提那种要求实在意义不大。

这着实让他松了口气。

幸亏你没有那个意思，不然我们两个怎么好好地做灵魂知音，成为乐坛双璧，成就一代佳话呢？

齐菲跟庄麟说着说着，感觉庄麟的脑子又不知道飞到哪里去了。

她觉得他最近问题很大。

齐菲不动声色，接着给他讲："杨总的意思是，通告贵精不贵多，你的层次不能掉，人设不能崩，不能什么奇奇怪怪的节目都上，不过戏还是可以适当拍一拍的。目前有一部《龙虎斗》，是定档春节的贺岁喜剧，导演跟演员阵容都不错，有两个镜头的客串，也不要什么演技，我可以给你争取一下……"

庄麟忽然恍过神来："不拍戏。"

齐菲："什么？"

庄麟："我不拍戏。通告什么的我配合，拍戏就算了。"

齐菲知道他这股拧劲儿上来了，任谁也拽不回来。

齐菲叹气："我要问你为什么，你肯定也不告诉我，对吧。"

庄麟倒是理直气壮："我要专心音乐啊。"

齐菲想，我没看出来你哪里专心音乐，分明在专心炖排骨。

齐菲："去电影里露一下脸，就耽误你做音乐了是吧。"

庄麟始终很在意关澜之前跟他说过的话。

庄麟："是啊。"

齐菲："好吧……你高兴就好。"

庄麟的新专辑发行计划定在了年底。关澜算了算日子，觉得挺宽松的，可以暂时把庄麟撇在一边了。

就在早先关澜忙庄麟这边的事的时候，《下一站歌王》要开第二季，这一季只选女歌手，海选早就轰轰烈烈地开始了。恒星卫视的副台长三天两头地给关澜打电话要请他聚聚，关澜知道，这是第二季还想请他的意思。

本来要还是好好地做评委，应了也就应了，可是听副台长的意思，第二季要改成导师制，他就不太想去了。

好好的节目，为什么要跟风呢。

关澜：“吴台，我是写歌的又不是唱歌的，做做评委还行，怎么当人家导师呢，还是算了吧。”

副台长：“咱们这是双轨制，评委是评委，导师是导师，不是一码事，我们还要另请歌手当导师的。”

关澜：“这意思是，我不光得点评选手，还得点评导师呗。”

副台长：“哈哈哈，还是以评价选手为主。”

关澜明白了，这是得罪人的活啊。

关澜：“我何德何能啊，能当导师的，个个都比我岁数大吧，您让我怎么开口啊。”

副台长：“不会不会，我们这次导师队伍年轻化，个个都是您在录音棚里训过的，没有年纪大的。”

关澜不想辩解他在录音棚里不训人，他只是听着这话不太对劲。

关澜：“我能不能问一下，这次有几个评委啊？”

副台长：“就您一个，您不来的话，节目就要开天窗啦。”

关澜：“……”

关澜很想说，你还是另请高明吧，但是杨佩宁直接给他下了指示——他才知道这节目是天龙跟电视台合办的，选出来的花儿们都要签在天龙，恐怕他还得管出专辑管写歌。此番他去做评委，不光是作为一个专业音乐人，还是代表公司去选人的。

老板发了话，他一个领人工资的能有什么办法，只好答应了。

赛制大概是这样：每位导师带八个选手，一共三十二个选手，进行一轮一轮的直播淘汰赛。打分的依据呢，一共三十分，现场观众评审十分，网络投票十分，关澜十分。

这个赛制一在网上公布，网友们都有点无语凝噎。

因为四个导师都或多或少跟关澜有过合作，网友们提前给这节目定了性：四宫主位娘娘为皇上调教秀女以供遴选。《下一站歌王》的宣传海报，也被网友用图片处理软件处理成了“下一站皇后”。

第一期直播淘汰赛播出后，大家纷纷表示：这节目可以的，别出心裁，四个娘娘带着自己宫里的小主们在皇上面前争宠，有创意，追定了。

庄麟是没想到，自己闭门在家修炼个厨艺的工夫，关澜这边又出去广布雨露、扩建后宫了。

他有点忧愁。

关澜这么好的人……怎么这点毛病，就戒不掉呢？

第十四章

嘤其鸣矣求友声

庄麟第二天就把汤拎过去了。

他觉得虽然自己的技术还没有修炼到位，不过也到了可以拿出来见人的程度，应该够让关澜赞一声“好香”了。

到了办公室，他果然看关澜拿了外卖正要打开，真是一抓一个准。

关澜见他进门，抬眼看他：“有什么事吗？”

庄麟跟他的眼神一对上，只觉心里一紧，之前还没觉得有什么，现在一看到关澜的眼神，方觉得有些难为情，到了嘴边的话居然就尿得走了样：“这是我……我妈做的，嗯，这两天她来看我，特意给你做的，要我好好谢谢你。”

关澜挺高兴的：“阿姨有心了，替我谢谢阿姨。广式靓汤啊，我有口福了。”

庄麟见他把汤接过去，心里有点开心，又有点酸：“昨晚上的节目我看了。”

关澜：“嗯？什么节目？哦哦，你说《下一站歌王》。我还没来得及上网看评论呢，你觉得怎么样？”

庄麟：“像宫斗剧的第一集，后宫选秀。”

关澜：“哈哈哈哈，你是看到网上的评论了吧？他们一见什么节目里有我就开始带节奏，成天后宫后宫的，挺有趣的。”

庄麟在心里冷笑，真没觉得哪里有趣。

庄麟：“他们这么说你，你不介意吗？”

关澜：“介意什么，‘潜遍华语乐坛’？”

庄麟：“……不是说半个华语乐坛吗？到底是潜了半个还是潜遍了？”

关澜笑：“不到半个，也就百分之三十吧。”

哦，原来百分之三十的华语乐坛都是他的后宫。

嗯，不包括我。

嗯，不包括我是好事。

庄麟回了家，看昨晚节目的重播。

齐菲来找庄麟的时候，就见他正一脸不高兴地看电视里的关澜。

齐菲：“我看你前段日子不是跟他相处得挺好的吗，这怎么又苦大仇深上了？”

庄麟叹气道：“半个华语乐坛……”

齐菲当然知道“半个华语乐坛”的梗，心道庄麟果然是又犯了毛病。

齐菲：“来，你把电视关了，我教育教育你。”

齐菲：“娱乐圈生存第一课，看人要用自己的眼。我先前也觉得关澜不是什么正派人，可现在跟他在一个公司里，接触了他本人、他部门里的人、他手下的人，现在对他的印象也有所改观了。你跟他的接触比我多多了，你先忘了那些乱七八糟的传言，用你自己的感受告诉我，他是什么人？你觉得他真有那么不堪吗？”

庄麟想，是没有半个华语乐坛那么不堪，百分之三十，这可是他自己告诉我的。

齐菲：“关澜这个人，年纪轻轻，没背景没后台，一路打拼到现在这个地位……”

庄麟：“我知道，他是有能力、有才华的。”

齐菲：“没错，但我要说的不是这个。他年纪轻轻，没有后台，不到三十岁，坐到了这样的高位。你想想，恨他的人，会少吗？”

庄麟吃惊地瞪大了眼睛。

齐菲："不说别人，就说你的好兄弟李彦尧。他是什么人你清楚吧？他泡过的小姑娘有一个连没有？但你看看他什么名声，有一条新闻说他花心乱来吗？

"你真的觉得关澜是圈子里最脏、最乱的人？没人比他滥情、比他荒唐吗？可你看看，有几个人比他名声差的？你不想想这是为什么吗？

"你就是……你就是这一路太顺利，看什么都是花团锦簇、积极向上的，到处都是正能量。这些腌臜事，我本来也不想跟你说的，不过既然你要在这个圈子里混，有些事早晚会遇到的，我的这些话，你好好想想吧。"

他姐什么意思，庄麟这么聪明，当然能明白。

他想起之前关澜说过，带陆青的那个时候，他权力很大，歌手就跟卖给他了一样，他说一不二。但是这两年，他除了音乐，在艺人方面已经插不上手了。

结合今天齐菲的提点，他又不是小孩子了，这几年间发生了什么，他大概想象得出来。

对于关澜，天龙这样的大公司曾是成就他的高台，现在也渐渐成了束缚他的金笼。

庄麟想，那我更得争气了。我要出名、赚钱——赚了钱投给关澜，好让他炒了他老板自己干。

他这样的人，谁的气都不该受。

关澜对此时庄麟内心的巨震一无所知，他只觉得庄麟带来的汤挺好喝的。

不过家里来了个蹭饭的，这让他有点不爽。

关澜：“行了，这是人家送给我的，你喝得比我还多。”

这话对于陈锦来说就如同清风过耳，完全不痛不痒。

关澜：“你明天不要上镜的吗，喝这么多汤不怕水肿？”

陈锦：“你知不知道有一种人，是天生吃不胖的？”

鉴于这位小姐有着这样厚的脸皮，关澜只好另寻刁钻的角度找碴：“你跟你家杨总，到底怎么样了？到底跟他解释清楚没有，我现在还是天天挨他的瞪，我压力很大啊。”

陈锦：“你就放心吧，他就是闲的，没事喜欢喝干醋。”

关澜：“反正没见过你们这么谈恋爱的，有话不好好说，非要作……”

陈锦：“你懂什么，单身狗。”

“单身狗”这三个字，可谓万箭穿心，关澜不想理她了。

陈锦：“我给你讲过我们俩的故事吗？”

关澜：“听杨佩青讲过一些。”

陈锦：“他讲的不算数。”

关澜用了个至少过时三年的梗：“好吧，那你来讲一讲。你有故事，可惜我没有酒。”

陈锦举起手中的瓷碗：“有排骨汤，凑合了。”

刚来到北京的那一年，我还是个傻乎乎的音乐青年，留着长发，住在朝阳区的地下室里，在酒吧驻唱，每天都觉得自己明珠蒙尘。一边觉得主流音乐界的人都是笨蛋，一边希望这些笨蛋中能有一个不那么笨的，能一眼把我从一堆鱼眼睛中挑出来。

事实证明，我那个时候纯属一夜成名的梦幻鸡汤喝得太多，现实中，正经唱片公司的制作人不会每天蹲守在三里屯的酒吧里微服私访，现实中能发现你的只有骗子。

骗子看中的不是你的歌喉或者才华，他们只能看到你眼中对成功成名满溢出来的狂热渴望，并且一看一个准。

我待的第一个经纪公司是一个专门生产外围和野模的作坊，非常不正规，做的一些业务，可能都不太合法。不过天子脚下、法治社会，他们不做逼良为娼的勾当，你要是不愿意参加他们组织的那些“饭局”，他们也不太会强迫你——只要你天天看着公司里的“前辈后辈”们每天香车美酒穷奢极欲的“上流社会”生活，能够不眼红。

说实话，眼红还是眼红的。但不得不说我这个人还有点道德底线，眼红也就是酒后骂一骂罢了。

我很快就看清了那家公司的本质，但我也没走，因为我实在是不想回去住地下室了。就是每次有“业务”来的时候，就头疼、胃疼、生理疼地躲掉。

不过到底，公司不会一辈子养着一个不干活的人，总有躲不掉的时候。

这一次我的“经纪人”说得很明白，只去陪个酒，吃完这顿饭怎么安排自己决定，但这次必须服从公司安排，再不去，你就走人。

我就是在这个酒局上遇到的杨佩青。

我一眼就看出来，他跟我一样，是被人强拉过来的，一脸的不耐烦。

他这个人的心思在我眼里从来都是透明的，从见到他的第一眼开始就是这样。

酒局中途我们俩躲出去抽烟，他凑过来，眼神微暗，说要借个火。

我们就是这样认识的。当时并没有发生什么，只到了交换微信的程度，那时候有没有微信呢，我也不太记得了，可能交换的是电话号码吧。

后来杨佩青追我，我就意思意思地稍微吊了他几天，也就半推半就地从了。

我承认那时候我没多喜欢他，确实存了“找个有钱男朋友”这样的心思，这点算我对不起他，我没跟他说过，但我心里是认的。

这就是环境对人的影响。在一个乌烟瘴气的圈子里，你以为自己出淤泥而不染，实际上你的道德标准已经在不知不觉间被周围的人拉低了不少。当你生活在一群鸡鸭之间时，很容易就会觉得为了钱找个富豪男朋友完全不是问题——毕竟我这是正经的男朋友，不是什么金主。而他居然还是未婚，天哪，我是不是当世道德楷模啊。

我也是好久好久以后才意识到杨佩青对我是来真的，一开始就是来真的。一样的道理，当你认识的鸡鸭太多了，你就会飞快地不再相信爱情，尤其还是这种比鸡汤还假的灰姑娘式的爱情。

后来我的“经纪公司”总算是为我争取到一个上电视的机会，也并不能说是为我争取，实在是公司“前辈”们指头缝里漏下来的。那是一个三线省级电视台的综艺节目，他们嫌节目没名气、嫌电视台远、给的钱还少，都不愿意去。

我就问了一句，“来回车票报不报销？”

他们说电视台给报销，但只报销火车票，不许坐飞机。

坐火车我是不怕的，尽管那时还没有遍布全国的高铁，我除了北京也没见过别的世面，就权当公费旅游了，还能上电视，我觉得很值。

那时还没有从日韩引进室外综艺，综艺节目的形式还是一群人在演播室里做游戏的那种。我主要就是在里面做背景板，背景板做久了，后来也能说上几句话，镜头分量也多了起来。

那个节目最后的收视率也还是那样，一直半死不活的，我去了不到两年就停播了。

但是我居然就被我现在的经纪公司发现了。

我老板说，我参加的那个综艺节目，流程设置有问题，内容很无聊，主持人也平庸，唯一的亮点就是我。他觉得我很有综艺感，节奏和笑点把握得都很好，稍加培养，就可以做国内一线综艺咖。

我当然二话不说地跳槽了，之前那个作坊和现在这个正当经纪公司，这种送分题还会选错的就是傻子。但我对公司给我制定的发展路线是很不屑的，土包子如我，哪里知道什么叫“综艺咖”，我是高贵的三里屯音乐青年，怎么能做谐星呢？

杨佩青的市场眼光很毒辣，他跟我说，综艺这几年大有发展前景，走综艺这条路会比做音乐的收益多很多。

我还跟他吵，我说你这个人怎么浑身铜臭味，你知不知道什么叫作梦想？

其实我这话挺不要脸的，我从来不是视金钱如粪土的清高人，我也挺世俗的。

我们俩人吵了一架，吵完之后杨佩青还是给我联系了制作人出了唱片。

不是你关澜。

如果是你的话会不会有所不同呢？毕竟那个时候你挺神的，写什么火什么，搞不好能把我也捧红了。

唉，恨不相逢未嫁时啊。

总之那张唱片是失败了，“咚”的一声沉到娱乐市场的汪洋大海里，一丝水花都没有溅起来。我又疑心杨佩青是故意的，他就是不想让我唱歌，这又把他气得够呛，三天不跟我说话。

现在说起这个事儿来，我真是挺作的。

从那之后，我就正式作别了我的音乐梦想，成了一个谐星。

我跟你是完全不同的两种人。你是一步一个脚印的艰苦奋斗型；我呢，不太好说，我可能是“完全受不了艰苦奋斗”型。就比如我们上学的时候都搞乐队，你到了高三就知道解散乐队好好念书考大学，我呢，就抱着所谓的梦想来北漂了。要我像你那样一步一步地，每天工作十几个小时，磨炼能力、积攒资历、提高成绩……这样往上爬，还不如让我去死。

年少时不愿承认，拿所谓的梦想做遮羞布，现在年纪大了，才渐渐能够直视这段过去。可以说，这跟梦想关系很小，就是虚荣与浮躁，耐不住寂寞，受得了穷却吃不得苦。

但是那时的我，觉得自己抛弃了初心，屈从于世俗，亲手葬送了梦想，故而很是痛苦，每天都要拿杨佩青出气。

不得不说，我对这段感情是很漫不经心的，因为我内心深处始终抱的是悲观的态度，觉得我们两个走不长久。而他是在用心经营这段感情的，但是他经营得很不得法。

杨佩青这个人，那样的家庭出身，还是家里的小儿子，别看在外面人模人样的，人人叫他一声“总”，其实他心理特别不成熟，而且可能小时候偶像剧和言情小说看得太多了，有点恋爱脑，傻乎乎的。

对我们两个人之间这段惊涛骇浪的感情，他总要找各种各样的理由，比如什么“七年之痒”“我变心了”“我对他的精神和肉体都失去吸引力了”等等，他却看不到，我们之间的根本问题是，我是个上个通告还要问人家报不报销车票的人，而他家的狗都有一辆Q7。

对，这是他家档次最低的车，人一般不坐，专门带狗兜风的。

根本就是两个世界的人，说的是两个世界的话，硬要一起生活，当然过不到一块儿去。

经济条件这种事情，一般是较高的一方毫无所觉，觉得金钱什么的根本不是障碍；较低的一方却处处敏感步步小心，每天晚上入睡之前只想着两件事，一是“我不配”，二是“我好累”。

爱得越深，累得越狠。越爱越分不开，分不开只会更累，恶性循环。

我纵使比杨佩青成熟一点，但也不是什么处理感情问题的大师，要不然也不会跟他分分合合这么多次，想断又舍不得，把一段感情搞得这么狼狈。

前一阵子，我被这段感情拖得几近抑郁，我跟第一家经纪公司的合约又在网上被人扒了出来。那家公司是个什么玩意，圈子里的人心知肚明，这种作坊里出来的当然不会是什么良家，加上我早年是有些妖艳贱货的样子，那时网上的话，要多难听有多难听。

虽然网上的黑料最后都被公关掉了，但我当时只觉得人生里净是这些糟糕事，全无亮光。

然后我遇见了你。说起来有点肉麻，但能有这样一段单纯干净、不涉及利益关系、不牵扯情感纠葛的友情，真的帮了我很多。

有点匪夷所思吧。

本来我还在跟杨佩青纠缠不清的——我之前说过，他这个人恋爱脑，仿佛活在一本十五岁少女写的霸道总裁小说里，不会好好沟通，觉得什么事情都可以用“买买买”来解决——这一点特别烦人。

后来我突然想明白了，如果我不解决自己的问题，那么我永远处理不好我的感情问题，不管换几个对象都一样。我内心深处一直觉得，我现在拥有的一切都不是我自己挣来的，都不是我应得的，是一栋没有桩基的楼房，总有一天会忽喇喇似大厦倾，樯橹灰飞烟灭。

我该先理顺自己的事业，再建立并维护好一些爱情之外的亲密关系，整理好自己的人生，把心里的洞填满，直到最后，不管是跟杨佩青还是跟谁，我都能底气十足地直视他的眼睛，跟他一砖一瓦地建立起一段牢固的关系。

不过杨佩青不懂这些，他依旧在每天想出新的花样来求复合，蠢得要命。

不过没关系，他一直这么蠢就好。

只要他愿意等我。

第十五章

异国月夜玫瑰生

听完陈锦的故事，关澜久久没有说话。

关澜：“你果然不是个没有故事的女同学。”

陈锦：“够了，这种老土的网络语言梗，你究竟要用多久？”

关澜：“你记得我之前跟你说过什么吗？你遇见我遇见晚了，早点遇上我，不说把你捧成下一个陆青，起码你不用去当谐星了。”

陈锦：“唉，恨不相逢未嫁时。”

关澜：“你现在不也还没嫁吗？”

陈锦：“那也差不多。”

关澜无语。

关澜：“不过，现在遇上也不算太晚。你还想唱歌吗？”

陈锦迟疑道：“我现在手上录着三个节目，年底还有个电视剧要开机，哪个都推不掉，给的钱也不少……”

关澜：“别扯这些，你就说你想不想。”

陈锦怔了一怔，最终叹了口气：“谢谢你。”

关澜摆摆手。

陈锦：“你为什么要这样帮我呢？”

关澜：“不是为了你，好吧，我是有一点点被你的故事打动了，可主要原因还是我有病。这可能是人类医学史上的新发现，之前从没有人得过这种病，如果要我给这个病起个学名，它就叫‘拯救华语乐坛强迫症’吧。”

如果说娱乐圈是“一将功成万骨枯”，那么庄麟已经正式成为那万分之一，他红了。

庄麟提着松茸竹荪土鸡汤去找关澜，关澜见他脸上还带着妆，吓了一跳："你这是从哪儿过来的啊？"

庄麟："拍广告，我看离这儿还挺近的，先把东西给你送过来。"

关澜看着庄麟手中的保温桶，脸上的表情有些一言难尽。

带着保温桶去拍广告的，你可能是娱乐圈里的头一个。

关澜："阿姨……也太客气了。她再这样，我可就得回礼了。"

庄麟："可以呀，你想送什么，我帮你转交。"

按照关澜的惯常做法，该送一套贵妇级的护肤套装，再搭一瓶超贵的香水，但他想一个会煲汤送人的母亲，可能并不会欣赏这一类的礼物。

关澜想了想："阿姨喝茶吗？"

庄麟笑："开玩笑的，不用你回礼。再见，我回去了，那边还没拍完呢。"

关澜："……"

这个风一样的男子，挥一挥衣袖，只留下关澜跟保温桶面面相觑。

庄麟这边忙到升天，关澜却是难得地清闲。他看了看工作安排，除了每周要去录一次节目，竟没什么别的事情了。而下一周的《下一站歌王》正好要播出一集回顾集锦，没他什么事，这就意味着，他空出了近两周的时间。

关澜觉得自己是时候好好休个假了。

自从他上次被陈锦晃了一枪，他就特别想去海南。

他去跟杨佩宁请假，竟赶上老板心情好，想了想觉得今年公司业绩不错，该发一发员工福利了。

于是关澜的度假计划就变成了声势浩大的公司团建旅行，海南也变成了塞班岛。

庄麟听说了，也要跟着去。

经纪人当然不同意。

齐菲：“你是不是要疯？这个时候去旅什么游？任性也要有个限度吧？”

庄麟振振有词：“不是你说的吗，这个圈子里最重要的就是人脉，这是多好的经营人脉的机会啊！”

齐菲：“庄麟，你是不是以为我傻？”

庄麟想，我怎么敢以为你傻，你要是傻我不就是智障了吗？

齐菲：“你这正是紧要关头，网络时代的热度都是按小时计算的你知道吗？别人都恨不得每分每秒都在镜头前面，你怎么逮着机会就想跑呢？”

庄麟：“姐啊，我打着个音乐才子的人设，现在总共就出了那么几首歌，还没一首是自己写的，要是在公众面前蹦跶得过了头，那不惹人反感吗？还是要循序渐进，过度曝光、透支热度要不得，眼光要放长远啊。”

齐菲惊讶地看着他，他这话居然很有道理。

庄麟这是被关澜那套理论洗了脑，也是压力之下的超常发挥，用上了此生所有的急智：“而且，塞班岛哦，姐你也好几年没休假了吧？你不想去吗？可以带家属哦，璐璐放暑假了吧？”

齐菲有点动心。

最终她还是松口答应了。

关澜是社交型的人，因此他倒不为私人度假变公司旅行而郁闷，反倒觉得人多热闹，挺好。

庄麟的性格就比较“独”，没有什么结交新朋友的欲望。因此一下飞机，庄麟的眼睛就跟雷达一样迅速把关澜从人群中挑了出来，他快步走到了关澜身边。

关澜这才看见庄麟也来了，挺诧异：“你也来了啊？你最近不是挺忙的吗？”

庄麟：“公司团建，我一个新人，再忙也得来啊。”

关澜：“你这么懂事儿，我真不习惯。”

庄麟：“现在开始习惯吧，早晚得习惯。”

关澜笑：“行，那你挨着我住吧。”

意外惊喜！

关澜觉着庄麟是公司新人，除了自己也没有别的熟人，经纪人又是个女的还带着个孩子，自己理当关照他一下。

林雪雯竟也来了。

她带着儿子、女儿，跟着杨佩宁坐私人飞机过来的，是以关澜到了酒店才看到她。

林诗泽还认得关澜，小女孩老远就冲他“师兄师兄”地叫。

关澜很是惊喜：“你也来啦师父？”

林雪雯：“孩子都放暑假了，正好蹭佩宁一趟飞机，带着他们出来玩玩。”说罢她回头叫儿子：“诗诗已经认过师兄了，你也来，叫师兄。”

林雪雯的大儿子已经十八九岁了，是个比关澜还高的英俊小伙，大大方方地向着关澜伸出手来：“师兄好，你都不知道我听我妈念叨你听了多少年了，我妈心里诗诗第一我爸第二你第三，我也就能勉强跟我们家狗竞争一下前四。”

关澜跟他握手，心想这小孩未免太会说话了——在场谁都知道他说的不是真的，但就是叫人听着心里舒服。简直不敢相信，他就是前几年那个叛逆期闹休学闹得老杨家人仰马翻的大公子。

关澜想起来庄麟还在旁边，介绍道：“这位是庄麟。”

林雪雯：“认得，你的歌我刚刚还在听。”

庄麟赶紧道：“师父好。”

关澜：“……”

林雪雯失笑：“这是怎么论的啊？”

关澜当他是太紧张：“你叫林老师就好。”

庄麟乖巧地说：“林老师。真不敢随便叫，怕把老师叫老了，听关老师叫师父我都不敢相信，您一看明明跟我姐差不多大嘛。”

关澜心里是真不平衡。庄麟这小嘴甜得，明明是会说漂亮话的，怎么第一次见我的时候，就摆张死人脸，说话横着说呢？欺负我脾气好啊？

关澜跟庄麟住的是一个大套间，虽然有阳台和门廊连着，实际上还是两间卧房。

这次旅行是半放养的，公司给安排好食宿之后，便不要求统一行动，大家行程自理。

窗外阳光正好，关澜往楼下一望，已经有人在房间里整理完毕，三三两两奔赴沙滩了。

关澜换好了衣服，也打算往沙滩去的时候，差点被进门的庄麟晃瞎了眼。

庄麟全身只穿了一条沙滩短裤，递给他一瓶防晒霜：“后背够不到，你帮我涂一下。”

关澜自从大学毕业不必再进公共浴室后，就再没如此近距离且裸眼3D地观赏过新鲜肉体了，他猝然间受不得刺激，禁不住倒退了半步。

半秒之后，看着庄麟纯洁正直的眼神，他又觉得自己反应过度。

平时看不出来，此时脱了衣服，关澜才发现庄麟的身材很不错。肌肉线条漂亮而不夸张，肤色似白瓷，白得发亮。手感也是一级好——从脖颈到肩膀，再从斜方肌顺着脊椎划到腰侧，触手之间尽是年轻的弹性与张力。

关澜拧上防晒霜递给庄麟，意犹未尽地在他背上拍了一下，发出“啪”的一声脆响：“以前没看出来，身材还不错。”

庄麟被他拍得身上一酥。

庄麟：“我也给你涂一下吧？”

关澜：“不用，我不脱上衣。”

庄麟：“这么好的海水，不下水玩玩吗？”

关澜：“我心中的度假，就是找个风景如画、空气清新的地方，什么事儿都不干，躺足三天。”

庄麟：“……”

季羡林先生说，我看女子篮球赛，就只是为了看大腿。

而一个大型娱乐公司的集体海滩游，就是各色美好大腿的大型展览会。

关澜果真就在沙滩上找了个好地方，支了把躺椅，开始躺着。

庄麟有心去坐到关澜旁边聊聊天，或者什么也不说，两个人静静地晒太阳，也是很好的。不过他作为一行人中英语水平的巅峰，很快就被想去四处观光的人拉走去做翻译了。

关澜就靠在沙滩椅上，看天长水阔、白鸥逐浪，感觉紧绷的心神一点一点舒张开来。

不远处，两个小女孩正坐在一起堆沙堡。一个是林诗泽，另一个关澜不认得，不过他猜是齐菲的女儿。因为一行人里年纪这么大的小女孩就这两个，还因为两个人的妈妈正坐在一边聊天。

林雪雯跟齐菲岁数差了十好几岁，可真像昨天庄麟说的，乍一看两人就是同龄人。

林雪雯看到了关澜，便招呼他过来：“你在那边张张望望地看什么呢，过来聊天。”

人家两个当妈的交流养闺女的经验，他光棍一条插得上什么话？

然而师父开口叫他，他当然召之即来，立刻就凑过去了。

林雪雯：“我们刚刚在聊庄麟。”

关澜：“您也觉得庄麟不错吧？”

林雪雯：“嗯。我看今年签的这批新人里，他是最好的。”

关澜：“那我回去得跟老板说说，庄麟是我发现的，以后他挣的钱，我得拿提成才行。”

林雪雯：“这个佩宁恐怕不会同意。你不如跟庄麟商量一下，看看他愿不愿意把自己那一部分抽成一些给你。”

齐菲：“我看靠谱，我给他做主了。”

关澜笑：“算了吧，我现在是个什么名声你们又不是不知道，回头传出去，又是个‘周扒皮敲骨吸髓、压榨艺人’的铁证，这可太好听了。”

林雪雯：“啊哟，原来你还知道顾念名声，你不是一点都不在意的吗？”

关澜：“咯，毕竟是自个儿的名声，哪能一点都不在意呢。”

林雪雯：“用不着在意。咱们凭本事吃饭的，谁的脸色也不用看。”

这话听着心里爽快，他刚想表示一下赞成，就听林雪雯接着说：“白纸黑字、公开自愿，你又没有强迫交易，不违道德不犯法，小人之言，不用理会。”

关澜真是不知该感动还是该尴尬。

齐菲：“是这个道理。做人做事，但求无愧于心。”

关澜含泪把这个人设接了过去：“没错，我也是这么想的。”

齐菲知情识趣，知道他们师徒两个要说一些体己话，又聊了一会儿，就到一边去陪孩子玩了。

林雪雯：“我上次跟你说过的话，你好好想过没有？”

根本没有。

上次关澜也就忧愁了两三天的样子，然后就像金鱼一样把事情忘干净了。

林雪雯：“我也不是非挑你休假的时候提这些扫你的兴——不过，你有兴趣自己做老板吗？”

关澜：“什么？？”

林雪雯：“不至于这么吃惊吧？你从来没想过自立山头吗？”

关澜诚实道：“没有啊。”

林雪雯：“那你现在想。”

关澜："首先，我没钱。"

林雪雯："这是你最不必担心的问题。你在圈里这么多年的人脉和口碑，几千万的投资拉不来？我做师父的先给你投一千万好不好？"

关澜："你是认真的啊师父？"

林雪雯："我干吗没事儿逗你玩？你当我是你啊？"

关澜："我哪儿当得了老板啊？"

林雪雯："你现在手底下就有百十号人了，你自己当老板也就跟现在差不多，顶上还少一个人，自由多了。"

关澜："压力也大多了吧！上有投资人和股东指着我挣钱，下有百十号员工指着我发工资，这压力也太大了。"

林雪雯："所以，有得有失，还看你自己。"

关澜："我得……我得好好想想。"

林雪雯："这次可得真的想哦，别跟上次似的，转身就忘。"

关澜："好、好，不过，得等我休完假再开始想。"

林雪雯："慢着，我还有一个事儿。"

林雪雯的另一个事儿，竟是要他带一带她的大儿子杨宇泽。

林雪雯："他初中那阵子闹休学，就是为了这个，想玩音乐。当时他爸跟他谈判，答应他让他玩，条件是要好好上学，念书念到十八岁。本来是缓兵之计，想着他过两年就把这茬忘了，没想到这小子主意正得很，今年高中毕业，又跟我们提了，要唱歌。他爸也不能言而无信，就答应他给他一年时间让他唱，明年这个时候不出成绩，就乖乖滚去国外念书。"

关澜："他难得对音乐有兴趣，要是真有天赋也不妨让他玩两年。”

林雪雯摆手：“不是这块料。我是他亲妈，还是干这行的，能看不出来吗。我来的路上还听了庄麟的歌，他比庄麟差远了，他要不是我儿子，按你的标准，你肯定是看不上他的。你也不用看着我的面子给他脸，该怎么带就怎么带，让他也见识见识山外有山。”

这意思关澜是听明白了，指导为辅打击为主，务必挫败杨大公子的积极性，抹杀那一颗勃勃跳动的爱乐之心，最终要他乖乖滚到常春藤名校去念书，履行他身为二代的责任。

关澜：“明白了师父，交给我吧。”

在塞班岛的最后一晚，天龙的众人聚在一起，举行了曲水流觞赋诗会——不对，是海滩烧烤派对。

庄麟面对此情此景，感慨万千，“你还记得吗，我们两个第一次见面，就是在你家的烧烤派对上。”

关澜：“记得，你两只眼睛好像长在头顶上，一脸不屑地看着我。”

庄麟：“……”

这个脸打得，有点疼。

关澜：“不过后来你慢慢地越来越懂事了，进步很大。”

庄麟更郁闷了，关澜总是用这种高中班主任面对宠爱的学生的语气跟他说话。他一直想跟关澜站在同样的高度上平等交流，但关澜似乎一直把他当小孩儿，这让他心里一直很是不爽。

我成年好多年了啊！好歹也是世界音乐名校出身呢！

派对渐渐进行到了载歌载舞的高潮，班卓琴的声音顺着海风飘过来。关澜小酌了两杯，感觉脑中涌上了一些轻柔的倦意，就回了房间。

他前脚进了房间，庄麟后脚就跟着他进来了。

关澜："怎么这么早就回来了，不多玩会儿了吗？"

庄麟："没什么意思。"

关澜打趣："年轻人，怎么心态这么老。"

庄麟："和其他人又都不熟，有什么劲。"

关澜："谁跟谁也不是天生就熟的，这不正好是个熟起来的好机会吗？"

庄麟："我跟你不一样——你是社交型，喜欢人多、喜欢热闹；我是独处型，跟不熟的人说话，我浑身难受。"

关澜："好吧，那我进屋了，你独处吧。"

庄麟："又不是说你，跟你说话，越久越开心。"

关澜看着他黑亮的眼睛，莫名感觉心尖上酥了一下。

关澜："你这是一句好歌词，赶紧记下来。"

庄麟："哪里用记，心里就是这么想的，那还不是张口就来？"

关澜笑："那你好好攒着吧，争取攒成一首歌。不要浪费在我这里了。"

庄麟："你想听我唱歌吗？"

关澜："什么？"

庄麟："高级酒店就是不一样，房间里还有钢琴。我突然想唱歌，你要听吗？"

关澜："好吧，趁着这时候听你唱歌还不用买门票。"

庄麟："算是那天你给我唱歌的回礼吧，虽然不是我自己写的，但这一首我没在网上发过，也没给别人唱过，勉强算打平了吧。况且你说我半土不洋，我可是记到现在——好歹要让你看看我洋气的样子。”

许多年以后，关澜仍然记得那天塞班岛上的月光，和那个在月光下为他弹琴的青年。

Quand il me prend dans ses bras

Qu'll me parle tout bas

Je vois la vie en rose

当我拥他入怀，他在我耳畔低语，我看到了玫瑰色的人生。

那是一首老歌，《玫瑰人生》。法语自带一股醇厚的性感，庄麟的声音比平时低沉了两个调，竟是别样温柔。

这首歌，庄麟从没唱给别人听过，却练习过无数次。异国的月色下，他毫无准备，又像准备了许多年。

When you kiss me,Heaven sighs

And though I close my eyes

I see la vie en rose

Give your heart and soul to me

And life will always be

La vie en rose

将你的心与魂灵交予我，我会还你以玫瑰色的人生。

关澜觉得自己一定是醉了，否则无法解释此时的心跳。那个唱歌的人，让他莫名地不敢直视，却又让他移不开眼。

他这一生听过许多情歌。

这首歌没有激烈的起伏，只是恋人爱语的倾诉。关澜却觉得，那钢琴键像是直接敲在他的心脏上，每一句词都在撩动他的大动脉，让他的心跳再重一些。

他可真是个天生的歌者，生来就该在舞台上发光发亮，比夜空中的月亮还要耀眼。

当歌曲落下最后一个音符，庄麟转过身来与他对视。

庄麟："怎么样？"

关澜轻声道："很好听。"

庄麟："就一句好听啊？你在电视上当评委的时候可不是这样的，我这么卖力气，你起码得点评个一百字才对得起我吧？"

关澜："我之前说你唱歌不动人，是我不对。"

庄麟："你之前没说错，现在也没说错。"

关澜忽然有些怕他继续说下去。

于是他急忙说："明天一早的飞机，还是早点休息吧。"

第十六章

感情问题求咨询

回国后的第二天，庄麟就拎了鲫鱼豆腐汤去找关澜。

他到公司的时候，关澜正在开会，庄麟就坐在他办公室门口的椅子上，与他的助理闲聊。

任晓飞已经可以淡定地把庄麟提着保温桶过来当成一个正常的事件了。

庄麟：“他今天来上班，心情怎么样？”

任晓飞：“挺正常的。”

庄麟对这个答案不太满意：“什么叫正常啊？”

任晓飞：“就是跟每天上班一样啊。我在他手底下工作这么久，只有一次他是不正常的，那一次持续了两个月。”

庄麟：“那次是为什么？”

任晓飞：“不知道，谁敢问。我们都猜他是失恋。”

庄麟：“……”

任晓飞突然起了八卦的兴致：“那一阵子，有个女歌手，年纪不大，中俄混血，我的天，种族天赋，那叫一个好看，浑身上下一股仙气。唱歌也是，飙起高音来，一口气飙八个八度，脸不红气不喘，不费劲。唱外文歌的时候那叫一个苏，说起中文来就一股谜之东北味儿，把半个部门都萌得走不动道。”

庄麟：“普通话都说不好，有什么萌的？”

任晓飞：“哎呀，反差萌嘛。人家妈妈是东北的，她又没在国内长大，有口音不是很正常。”

其实庄麟在娱乐圈里混这么久，哪会不知道什么叫“反差萌”，但他就是浑身都不爽，非要挑出几根刺来：“这么厉害的人，我怎么从来没听说过？”

任晓飞："富二代，出唱片就是玩票，也不想混娱乐圈，玩完一票就回俄罗斯继承家业去了。

"我一开始也没觉得我们关总对这个人有什么特别的，他这个人你也知道，看好哪个歌手都是那一套，陪吃陪玩、嘘寒问暖、体贴到家，看着跟爱上你了似的，其实也不是想追你，他就只是一个意思：少年我看好你，我想给你写歌，你愿意跟我一起拯救华语乐坛吗？"

庄麟感觉自己身上枪眼无数。

这套路怎么这么眼熟呢？

任晓飞："结果她走了之后，我们关总整个人就失魂落魄的，情绪那叫一个低落，连着两个月都打不起精神来，写的歌都特别暗黑，这时我才反应过来，这个不会就是真爱吧。"

庄麟被这个突如其来的陈年八卦冲击得有点恍惚。

说话间，关澜开会回来了。

在看到关澜的那一瞬间，庄麟就调整好了心态。颜值逆天的异国小鲜花又怎样，那不是都过去了吗，现在你手上的天才歌手就只有我！

庄麟跟着关澜进了办公室，把保温桶放到他的桌子上："昨晚休息得怎么样，时差倒过来没有？"

关澜简短答道："还行。"

庄麟："你不问问我，我睡得怎么样吗？"

说罢他也没等关澜问，就自问自答起来："我睡得也不错，就是做了好多梦。"

关澜："……我不会问你做了什么梦的。"

庄麟："你觉得这次玩得怎么样？我之前在美国有机会去一趟塞班岛的，觉得无聊就没去，现在看来那儿其实挺好玩嘛……"

关澜："庄麟。"

庄麟："有点后悔没有趁着上学的时候多出去走走，等工作了就没什么机会了。下一次旅游，也不知道是什么时候……"

关澜："庄麟。"

庄麟停下来，看到关澜的神色，心慢慢地往下沉。

关澜："汤我收下了，谢谢你。两个月后开始筹备你的首专，这两个月，你就专心工作，不要再来找我了。"

这对于庄麟来说有点猝不及防，他僵在了原地。

关澜："我这两年，真是脾气变好了。你看看你这阵子都在干什么？上综艺、旅游，现在这个汤又是怎么回事？写歌了吗？练歌了吗？你不会说是我分了你的心吧？"

塞班岛那一夜，庄麟满以为自己跟关澜的关系已经上升为知交好友的等级了，想不到关澜一转身就又摆出了班主任的架子，这让他既震惊，又有点委屈。

庄麟："我现在又没有别的工作，难道偶尔过来关心一下你、找你聊聊天，就会影响我做音乐吗？"

关澜："听不听我的话？"

就这简单的六个字，庄麟还真没法回嘴。

他还就得听关澜的话。

乘兴而来，败兴而归，他只好一脸委屈地回家闭关练歌去了。

关澜回到家的时候，陈锦在等他。

现在陈锦已经把到他家蹭饭这件事情当成一件每日打卡的日常任务来做了。

关澜：“真把我这儿当你自己家了啊！再这样我得跟你收房租了！”

陈锦却只一眼瞧见了他手上的保温桶——那么大个东西，想注意不到也很难：“哟，又一桶啊？我说庄麟是不是煲一次汤买一个桶，你家厨房都快搁不下了他知道吗？你喝完了汤也不知道把人家的桶还回去。”

关澜叹息一声：“快别提这个事儿了，我心里正难受着呢。”

陈锦：“什么？”

关澜把保温桶放下，给陈锦讲了在塞班岛上以及今天白天发生的事情。

陈锦听完，一时无语。

陈锦：“我有时候真是不明白你在想什么，你这是要干什么，受不了人家对你好吗？一盆冷水浇到人家头上，好玩儿吗？”

关澜：“你不懂，这是我的原则，我不会跟手底下的歌手私交过甚。”

陈锦：“为什么啊？怕人家爱上你吗？”

关澜：“跟他们太熟，交情太深，工作上麻烦，也影响我的创作灵感。”

陈锦怀疑：“还有这么个说法呢？不会是你给自己的瓶颈期找的借口吧？”

关澜：“周骏卓就是这么回事，太熟了，反倒碍手碍脚。不过我跟老周认识太久，十几年的交情，也没法说断就断，陆青那样就刚刚好。”

他先前有意减少了跟周骏卓的联系，就是发现周骏卓对自己的依赖太深，即使自己处在瓶颈期，写不出好作品，周骏卓也不太愿意跟别人合作，这对一个歌手的长远发展并没有什么好处。关澜跟他谈过几回，然而周骏卓似乎对他特别有信心，觉得瓶颈期就像感冒一样，分分钟就过去了，并不把他的话太当一回事，关澜就只好给周骏卓“强制断奶”。影响了他们的私交，也实在是没有办法的事情。

真朋友不必常常见面、时时联系，是朋友就要做对彼此来说正确的事情。

陈锦盯着他看了一会儿，忽然道：“不对，我觉得不是这么回事，你就是怕他们跟你走得太近，影响了他们的名声。”

关澜：“……”

陈锦看他的表情，就知道自己至少猜中了百分之八十：“你倒是为他们想得周到，怎么就没见你跟我避避嫌呢？”

关澜叹气：“庄麟跟你们不一样，你们都已经成名多少年了，圈子里有名有姓有地位的，有一些捕风捉影的花边，有什么大不了的？但是庄麟的事业才刚刚开始，我不想他莫名其妙地折在这种地方。

“况且，不知道是不是我想多了，我总觉得他放在我身上的注意力，反而比他放在音乐上的还多。长远来看，这样不好。”

陈锦嘟囔：“就算这样，你这种方式也太过简单粗暴了。这种事情，堵不如疏，你这么做，后果多半是报复性反弹。”

关澜听着陈锦这话总觉得哪里不对，听上去好像自己是一个希望解决子女早恋问题的家长。

陈锦："对了，我下周不在，不要太想我。"

关澜："你终于要结束这段蹭饭的日子了？"

陈锦："不啊，我要去风辰卫视录节目。"

关澜："新的综艺？"

陈锦："不是，访谈节目，跟贺芸搭档。"

贺芸是现在地方台里数一数二的女主持，新闻主播出身，近年也涉足娱乐，但总体上还是偏严肃纪实风，故而关澜很是惊讶。

关澜："你要转型了？"

陈锦："慢慢来吧，为以后铺铺路。现在不到三十还可以觍着脸卖卖蠢，三十五岁以后还走这个路线，不就很尴尬了吗。"

关澜："你以后不卖蠢了？"

陈锦："也不能一下子就扭过来，就一点一点降低'含蠢量'呗。"

关澜才知道，陈锦脑子里不仅有"智商开关"，还有"智商阀门"，能控制"智商流量"，真是牛。

关澜想了想："既然你有转型的意思，我上次说的唱歌的事情，你考虑得怎么样了？我可以给你个友情价，打个十二折。"

陈锦："十二折……那不是比原价还高？"

关澜："嗯，这不是还包括这些天的饭钱呢嘛。"

陈锦：怎么办，这个朋友我不想要了。

关澜具有丰富的躲人经验，他决意要躲你，就会如同春风化雨般不露痕迹；也会如春风一般一夜走了八万里，没有归期。

这可让庄麟上了大火。

他死也想不明白这是为什么。

塞班岛那一夜气氛多美好！明明可以愉快地伯牙子期高山流水了，这样突然翻脸是怎么回事？

我不是你最爱的歌手了吗？你不要带我一起拯救华语乐坛了吗？

他郁闷兮兮地刷微博，刷到一个情感咨询类博主。

他忽然觉得关澜这个人有点渣。

“博主，我对象对我忽冷忽热，让我好没安全感，他是心理有病还是外面有人了？”

庄麟点了个赞。

“博主老师，男神好难追，感觉要坚持不下去了怎么破？”

庄麟点了个赞。

他把这个博主的微博一路翻下去，连微博带评论，唰唰唰地点了好多赞。

点到最后，经纪人都打电话来问他：“你在微博上搞什么事情？”

庄麟一看，他用的是他的黄V大号。

庄麟：“……”

那个情感博主微博底下的评论是这样的：“庄麟粉丝团观光”“庄麟粉丝来此签到”“吃瓜路人到此一游”。

而他自己的微博底下是这样的：“哈哈哈哈男神你是失恋了吗好心疼”“老公不要为外面的妖艳贱货伤心了快到我怀里来”“妈呀看他点赞这几条脑补了十万字的剧情啊求大神出本”“哈哈哈哈好萌好萌，我们要不要提醒他忘换号了呀”……

庄麟：“……”

最后齐菲说，这不是什么大事，你发条微博卖个萌就完了。

庄麟就发：“抱歉刚刚刷了大家的屏，看八卦忘换号了［尴尬表情］。”

这条微博被李彦尧秒转：“哈哈哈哈哈你这是失的谁的恋啊？”

……

这个朋友，他也不太想要了。

然而他还是给李彦尧打了电话。

电话接通了，又觉得自己的问题有点丢脸。

李彦尧：“哈哈哈哈哈你这是失的谁的恋啊？”

庄麟：“关澜……”

李彦尧：？？？

庄麟：“不是失恋。”

李彦尧：“关澜？我没听错吧？你还记得你第一次见到他的时候怎么跟我说的吗？”

庄麟：“……”

李彦尧：“脸疼吗兄弟？”

第十七章

当时而立诉衷肠

关澜的心情很不好。

心情不好的理由，在他自己看来都有些可笑。

他的三十岁生日马上要到了。

而立之年，在这个年纪，不说该成家立业，起码各方面都得有着落才行。

自己呢，业算是立起来了，可是家能不能成还没有影呢。

虽然现代人晚婚，很多人三十岁的时候都还离成家很远，但起码他们都积攒了很多经验啊，将来一旦遇到对的人，立刻就可以自然地进入到正确的流程当中。

而关澜连正确的流程是什么都不太清楚。

事实上，即将成为一个三十岁的处男这一点并没有很令关澜羞耻，因为即使是现代社会，也有很多思想保守的人，坚持婚前守贞直至新婚之夜的人有的是。但一个没有心理疾病，也并非独身主义者，却仍然三十岁都没有谈过恋爱的人，可以说是旷世的奇葩了。

关澜不得不直面这个令人痛苦的事实：他是一个感情上的失败者。

他之前喜欢说“匈奴未灭何以家为”，说自己只是差了点运气，但当那个日子一点一点迫近，他开始觉得，这大概真的是自己的问题。

再怎么找借口，这件事上，好像还是自己的责任比较大。

这一点苦闷，不足为外人道，唯一可以倾诉倾诉的陈锦，这周还跑到外省录节目去了，关澜不愿因为自己这点无聊的心事就打扰人家努力工作，毕竟陈锦难得努力工作。他就只能把这点小小的苦闷，憋成了一股巨大的苦闷。

他生日当天，网上有乐迷给他制作了作品剪辑，还有人给他剪了“舔屏向”MV，本来他有点高兴，郁闷稍解，谁料最后他点开人气最高的一个视频，竟是个后宫向的。

虽然他知道粉丝没有恶意，但他看了之后心情立即跌到了谷底。

幸亏他的微博一贯是高冷型的，所以就算他谁的微博也没转发，只发了一句“谢谢大家”，也没人觉得有什么异样。

随后他爸他妈分别给他打电话送上了生日祝福，他妈还并不太委婉地提醒他，三十岁了，玩也该玩够了，是时候考虑发展一段长远一些的关系了吧？

关澜这才知道，自己刚刚的心情并没有触底，还在持续走低。

其实他爸妈已经算挺开明的父母了，从来都鼓励他以事业为重，也没有三天两头地催婚，但是眼看儿子光棍到三十岁，哪有父母不着急的。

到了公司，他看见任晓飞看他的眼神带着一股躲躲闪闪的兴奋。

关澜就知道，现在公司的某处，正在暗暗地筹划着一个惊喜派对之类的活动。虽然感动于他们的用心，但关澜觉得自己可能没什么力气去表演惊喜的样子了。

尽管如此，当他看到休息室桌上那个巨大的四层蛋糕时，还是尽职尽责地惊呼出声。

关澜：“我……我真的没想到，谢谢大家。”

这场派对是大老板的意思，大老板还有谕，今天音乐部的人不用工作，尽情玩乐，一应费用公司报销。

公司的艺人们跟关澜有些交情的，自然也都到场了。

当然包括庄麟。

庄麟："生日快乐。"

关澜："谢谢，你那么忙，不用特意来的。"

庄麟："没有特意，今天来公司开会，顺路把礼物给你送来。"

关澜："还有礼物，真是费心了。"

庄麟："这里这么乱，一会儿结束了我单独给你吧，不是汤哦。"

关澜："嗯，我还奇怪你怎么没带着保温桶。"

庄麟看他居然还拿送汤的事开玩笑，觉得关澜的态度有所软化，心里有点高兴。不过也不敢太高兴，就怕跟上次似的，再来一盆冷水浇到头上。

毕竟他从高情商好人缘的发小那里得到了指导意见：你这个样子，先冷后热、前倨后恭，态度反差太大太剧烈，不吓着人家才怪。

所以这几天庄麟就老老实实地在家闭关练功，憋住了没有去联系关澜。

不过，今天是他的生日，他为什么看上去有点不开心？

关澜自觉今天表现得很完美，全身洋溢着幸福和喜悦，就差高歌一曲《好日子》了。

不过他脸上笑得越开心，心里越苦闷。

看来不只是女人，变老这种事情，可能对全人类来说都是个不好过的槛。

派对行将结束，庄麟去找关澜，打算把自己的礼物送给他。

他准备了两样礼物，一样带在身上，是几张自己珍藏的外国黑胶唱片，都是没在国内发行过的，还带有歌手的签名；另一样是一把吉他，放在车里，预备到时候见机行事，“哎呀这个东西太沉了要不我给你送家里去吧”这样，正好借机混进关澜家里，参观参观他的创作环境，也好蹭一点灵感。不过他不觉得关澜会踩中这种低级套路，所以也没抱什么希望。

庄麟：“礼物送你。”

虽然有包装纸包着，但是关澜一看那大小和形状，就知道这是什么东西了。

他接过来：“谢谢你，有心了。”

庄麟看他不像多喜欢的样子，决定还是拼一把：“还有一件……在我车里，有点大，要不我给你送你家里去吧？”

关澜黑沉的目光看着他。

关澜：“好啊。”

庄麟：！！！

进了关澜的家里，庄麟还是蒙的。

他真的不知道自己今天哪一步走对了。

话说对了？可他们都没说几句话。礼物送对了？可关澜对他的两样礼物，根本也没看几眼啊。

关澜进了屋，就径直奔向酒柜，拿出一瓶威士忌和两个杯子。

庄麟吃了一惊。关澜的酒量他是知道的，威士忌对关澜来说可真的算是烈酒了。

关澜给他们俩倒好了酒，然后一仰头，直接把自己那杯干掉了。

庄麟看得胆战心惊，开始在脑中搜刮一点贫瘠的饮酒知识，没话找话：“我记得有美国酒鬼给我讲过怎么鉴别威士忌，你看这颜色……”

关澜干掉了第二杯。

二锅头也没有这么喝的呀！

庄麟："这颜色……是一种淡淡的金色……"

关澜："别废话了，来陪我喝。"

庄麟是酒量无碍，放倒三个关澜都没有问题，只不过关澜这个状态，他实在是不太摸得准到底是怎么一回事，故而有点胆战心惊。

他小心翼翼问道："我能问问这是怎么了吗？"

关澜一仰头就是半杯："老了呀，三十而立，一事无成。"

庄麟："你要算是一事无成，我就可以直接打个车去跳护城河了。"

关澜："你年轻。"

庄麟："你哪里就老了？对男人来说，三十岁不应该是事业刚起步的年纪吗？"

事业什么的当然都是胡扯的借口，但真正的原因，关澜又不太好意思说。

"你谈过恋爱吗，庄麟？"

庄麟吃了一惊。

这是怎么个意思？

这话风好像有点不对啊？

关澜却好像并没想着得到他的回答，自顾自地说下去："你看，我都三十岁了，成家什么的，还没有着落呢。我这是要孤独终老的节奏啊。"

庄麟更加难以理解了："咱们这个圈子，三十岁之前能结婚的有几个啊？三十五不晚，四十岁正好啊！"

关澜侧过脸看他，笑了："你还是年轻……我像你这么大的时候，也是这么想的，'匈奴未灭何以家为'嘛。不知道怎么的，可能我今晚就是犯矫情，正好碰到你，拉你过来喝两杯，不耽误你工作吧？"

不耽误不耽误，高兴还来不及呢！

庄麟没有说话，只是举杯跟他碰了一碰。

关澜："之前有人跟我说，我这个情况叫作'单身陷阱'，一个人过得太久太舒服，都不会谈恋爱了。"

庄麟："恋爱有什么劲？哪有音乐好玩。"

关澜虚敬他一杯："知己！"

听了这两个字，庄麟心中悄悄泛起了幸福的泡泡。

关澜："华语乐坛还等着我去拯救呢，想什么儿女情长……"

庄麟："况且，就算真的结了婚，还不一定怎么回事呢。"

关澜斜睨他："有故事啊。"

庄麟："也没什么，真说起来也挺无聊的。就是我爸是个抛妻弃子的渣男，我是我妈一个人带大的。我在国外的时候呢，那边的人又很分裂：有信教的保守家庭的小孩，坚持禁欲、婚前守贞；还有那种完全受本能支配，自由奔放的派对动物。我看他们谁都不纠结，按照自己的活法，都过得挺开心。所以恋爱结婚这回事，遇上了那挺好，遇不上那又能怎么样，自己活得开心就好咯……"

关澜笑："你倒洒脱。

"我家父母也分开了，不过不像你家，就是前两年的事儿。我也不知道我是不是因为他们两个才有点抗拒感情关系的，一对怨偶为了孩子和面子在一个屋檐下互相折磨了二十年，而我就是那个孩子，想想心理阴影面积也是有点大啊。他们也是自由恋爱走到一起的，最后却落得这么个结局，可能婚姻确实也不太靠得住。”

庄麟：“关老师，咱俩作为破碎家庭和失败婚姻的受害儿童，可以合写一首歌了。”

关澜“呵呵呵”地笑了起来，酒劲儿一上来，有点刹不住：“合写什么，我写你唱。你送我那把吉他呢？拿过来。”

挥毫落纸如云烟。

关澜禁锢已久的灵感如开闸泄洪一般冲破瓶颈，倾泻而出。

这首由关澜酒后即兴创作、庄麟演唱的《你好，小孩》，在后来很长一段时间内都是庄麟的代表作。

第二天一早，关澜一觉醒来，感觉脑袋里正在发生一场迷你核爆，疼得像要炸裂。

宿醉真是要命。

到底是不年轻了。

他挣扎着想要爬起来，一胳膊肘把身边的人捣醒了。

……

身边的人？

关澜心里一个哆嗦，下意识地检查了一下两人的衣服。

虽然都是男人也不会怎么样，但是如果衣冠不整的，那也难免觉得尴尬。

好在两个人都衣着整齐。

反正跟庄麟在一个床上睡，也不是头一回了，上一回一起睡，可是全国人民都看见了呢。

人到了一定年纪，在身体素质方面，那真是年轻一岁是一岁。

同样是宿醉，庄麟醒来之后就只是有点蒙，状态可比关澜好太多了。

庄麟："关老师？"

关澜一对上他的眼神，昨晚的记忆就断断续续地扑面而来。

跟人家小孩发了一通单身狗的牢骚，并交流了童年经历；

写了一首歌；

这还没完，之后似乎还拖着人家抱怨了很久，什么市场环境不好、行业风气不佳、自己创作还在瓶颈期，好苦闷哪。

啊，丢人丢透了。

过个生日而已，怎么就这么失态呢？

偏偏还是庄麟。自己刚刚下定决心要跟他保持距离，让他专心做音乐，转头就拉着人家彻夜诉衷肠，这未免也太打脸了。

但愿庄麟是喝多了就断片儿那种体质，一觉醒来前尘往事就都忘了吧。

好在庄麟没让他难堪："关老师昨晚喝了不少啊，现在都还头疼吧？你再躺会儿，我去弄点吃的。"

关澜勉力端着前辈高人的架子："嗯，麻烦你了。"

庄麟手脚麻利，没一会儿就把一碗热腾腾的面条端到他床前："你厨房里，除了方便面就是微波食品，我看冰箱里还冻着一些我之前送的汤，就拿来做汤底，下了点面条，早晨还是要吃点热乎的。"

关澜："谢谢，很香。"

庄麟："你今天还是请个假在家休息吧，不要去上班了。"

关澜："你才是，不要耽误了工作。昨天你没有活动，今天不会还没有吧？"

庄麟看关澜一直在强作镇定，实际上尴尬得快要死了，就好心地告辞："那我先走了，你好好休息。"说完他扬了扬手上的一张纸，"还有这首歌，说好给我写的，我就不客气地带走了哦。"

有的人，他表面上神色淡定，有条不紊，走之前还记得刷了锅洗了碗，实际上心里就像住了一只肥胖的鸟儿，支棱着白色的翅膀，扑棱棱地就要飞起来了。

第十八章

千秋万岁麟昭仪

关澜自然被陈锦在电话里嘲笑了个够。

关澜："怎么办，太失态了，太丢人了，他要怎么想我，我以后要怎么面对他？"

陈锦："哈哈哈哈哈你就是想太多，脑子里的弦总绷得那么紧，不累吗？偶尔放飞自我一把，是不是也挺爽的？"

关澜："说实话……是挺爽的。"

陈锦："哈哈哈哈哈哈哈哈哈哈。"

她正出外景，拍摄的间隙坐在一旁休息，周围没什么人。

关澜怒挂电话之后，陈锦又继续笑了一分钟。

就听身边突然传来一道幽怨的声音："什么事，笑得这么开心？"

陈锦被吓了一跳："你怎么来了？"

杨佩青："一路跟着你过来的。"

陈锦："开着宾利上这种土路，你真的可以，小心把你车门蹭掉漆了。"

杨佩青："掉漆了去补不就得了。"

陈锦谢谢他没有说"掉漆了换一辆不就得了"。

杨佩青："怎么跟个小孩儿似的笑得这么开心。"

陈锦："当然是有高兴的事咯。"

说完她又忍不住笑了出来。

杨佩青幽怨地看着她："果然是件好高兴的事，这么开心。"

陈锦："你也不用问了，我不会告诉你的。不过这件事跟你没什么关系，跟我也没什么关系。"

杨佩青："那你跟我，有没有关系？"

在异乡的旷野中，在旷野的罡风里，他终于问出了这句话。

回答他的只有风声。

杨佩青："我们老杨家，家风正，从不搞那些乌七八糟的事情，我们家的人都专情，两口子感情都好。你看我爸我妈，结婚五十多年，眼看快八十了，老两口还手拉手满世界旅游呢。

"我大哥，他刚开始追我大嫂的时候人家都不愿意，觉得嫁进我们这种家庭，肯定得在家相夫教子，牺牲事业，我大哥就跟她保证，百分之百支持你的事业，孩子只要一个。后来意外地有了诗诗，他心里还特别过意不去，心疼我嫂子年纪大，生孩子太危险又辛苦，诗诗一出生就给她登记了随我嫂子姓。他俩二十多年，出了名的恩爱，谁看不羡慕。

"我姐，他们两口子没什么事业心，也没什么赚大钱的本事，都是大学里教书的。他们俩都喜欢花，之前谈恋爱的时候，谁要是出去旅游或者出差，必定要买一盆当地的花，送给对方。上周，他俩结婚二十年了，我姐去杭州出差，姐夫去巴黎开会，俩人回来之后在机场相遇，一人手里抱了一盆花。

"我二哥，虽然是个老光棍，可也不是因为花心，就是因为对感情太认真了，不愿意因为传宗接代之类的理由随便结婚，害自己也害人家。他掌管这么大的娱乐公司这么多年，干干净净，从来不搞歪门邪道。

"我们家，就只有我没出息，折腾这么多年，自己媳妇都搞不定。"

陈锦沉默半晌，忽然道："你还有个姐啊？你姐是不是叫杨佩玲？"

杨佩青："是，你认识她？"

陈锦："不认识，我根据你们老杨家起名字的强迫症推断出来的。

你们家要生个老五叫什么啊？”

杨佩青：“本来计划好了，生个女孩叫佩莹。后来我爸嫌孩子太多闹心，坚决不要了。”

陈锦笑得打跌。老杨家这强迫症，绝对晚期了。

佩明、佩玲、佩宁、佩莹、佩青——

陈锦：“哎，不对，你名字声调不对，你不是该叫杨佩晴吗？”

杨佩青无奈：“我小时候是叫杨佩晴，晴天的晴，后来我嫌太像女孩子了，自己改的。”

陈锦笑得不行：“晴，这个字好，真好听，哈哈哈。”

杨佩青无奈得都没脾气了：“我这么掏心掏肺地跟你表白，你就给我这个回应啊？”

陈锦：“你知道吗？我打算把自己的房子好好装一装。

“我手上除了之前的两个综艺，和现在的这个访谈节目，还有一个明年要开拍的真人秀，正在洽谈中。

“我从十五岁开始就想唱歌，现在关澜答应要给我写歌了。

“我现在跟同事都能相处得很好，我现在还有一个特别好的朋友。

“所以，晴儿，你能不能有点耐心，等等我呢？”

关澜开始更加剧烈地躲避起庄麟来了，不过是为了一个与之前截然不同的理由。

庄麟倒还是像之前那样，每天早请示、晚汇报，什么琐碎的事情都要跟他念叨念叨。之前关澜偶尔还回一回，现在他是一条都不回了，不是为了别的，就怕庄麟再提起那天晚上的事来，他可真的是尴尬得想跳河啊。

不过他在不知不觉中被庄麟培养出了一个习惯，就是时不时翻一翻庄麟发来的消息。

庄麟：今天的午饭。

庄麟：[图片]。

庄麟：他们家是哪儿来的勇气把菜卖这么贵的？还没我做的好吃。

庄麟：[分享音乐：爱恨匆匆]。

庄麟：这个歌不错，你觉得我唱怎么样？

庄麟：肯定比原唱好听吧？

庄麟：繁世浮光，三生因果，五百次的回眸，换不来你爱上我。

庄麟：唉，这个歌词谁写的，真浮夸。

关澜知道庄麟这是在故意引自己说话，因为这歌词是他写的。

是有点浮夸，不过这歌本来就是口水歌啊！你有深度你了不起，我不能偶尔写写口水歌吗！

但是关澜忍住了。

庄麟：你在忙吗？

庄麟：还是故意不理我？

庄麟：[委屈巴巴]。

庄麟：你这是冷暴力哦。

庄麟：你这个渣男。

庄麟：[超凶]。

关澜咬了咬牙，还是憋住了没回他。

庄麟：我打算向死亡金属方向发展了。

庄麟：我觉得我超有天赋的。

庄麟：我这么白，化哥特妆肯定特别好看。

庄麟：你不说话我就当你同意了。

庄麟：首专就叫《邪恶尸体》，主打歌叫《血色亡灵》。

庄麟：[分享音乐：evil bleeding soul]。

关澜：你够了……

庄麟：哎呀，你忙完啦。

关澜：你不忙吗？

庄麟：再忙也有时间找你呀。

这话怎么听着怪怪的。

他觉得庄麟自那天晚上之后，画风大变。

以前庄麟跟他说话还小心翼翼的，生怕惹他不高兴；现在他好像突然找着了安全感，开始放飞自我了。

关澜感觉事情失去了掌控，不过他也没什么办法。

能怎么办，总不能一辈子不联系不见面吧？

庄麟在网上看八卦帖。

最近有一个热帖，楼主自称圈内十八线小新人，爆料关澜曾经对她提出过过分的要求。这也就算了，更可怕的是，关澜真的有一个等级森严的庞大后宫，由上到下，分为一后、二贵妃、四妃、八嫔、十六昭仪、三十二婕妤，下设美人和才人数额不限。不同的位分有不同的月俸待遇，每年年终，会根据各人的资历和表现进行位分的升降。婕妤可以签约到天龙，昭仪出单曲，嫔能出专辑，到了妃位，关澜亲自给写主打歌。

楼主表示，她当时毫不犹豫地拒绝了这个无耻的要求，还遭到了关澜的打击报复。

一开始群众纷纷表示“楼主你《暑假乐园》写完了没，太闲的话还是去报个辅导班吧，这个年纪还是应该多读读世界名著，少看宫斗小说”；后来看楼主其他的爆料都有眉有眼的，似乎确实是个圈内人，就渐渐有人开始动摇，觉得贵圈真乱，多会玩儿的都有，你永远揣测不到一个禽兽能有多禽兽，这事儿还真可能是真的。

不过“关澜是禽兽”这一点实在是老调重弹，这个楼后来渐渐歪掉，变成大家给关澜的“后宫”排位分了。

庄麟越看越气，最后气得摔了鼠标。

我居然就是个昭仪啊！

还不是座次特别靠前的昭仪！

经过那一番彻夜长谈，庄麟对自己在关澜心中的地位空前自信，看网络上不明真相的群众把自己跟那些和关澜话都没说过几句的阿猫阿狗相提并论，实在是让人意难平。

你们是不是都瞎！

庄麟气不过，亲自披甲上阵：

“楼上的排名基本同意，但是庄麟那么低你逗我呢？就不说他是关澜亲手挖过去的了，看看庄麟今年都什么资源，这么大的阵势，连个娘娘都当不上吗？”

此帖正热，很快便有了回复。

“层主，后宫排位也要按照基本法。庄麟是受宠，但那也是今年才上的位，位分也是要一步一步提的，万事都要讲个论资排辈，他这个昭仪的起点已经比别人高很多了。你看看楼主发布的标准，他这刚刚出了 EP，正好是昭仪的水平，没毛病。”

“我是楼上给庄麟定到昭仪的层主。实际上我感觉这个位置还是高了，考虑到庄麟出身比较好，名校海归（而且毕竟在电视上一起睡过），才破格拔擢到这个高度的。”

“我比较关心层主说的亲手挖过来这个事，层主怎么知道的，有料？”

“层主太年轻，新来的吧？估计是没见过当年关澜捧陆青的阵仗，那才叫‘本格玛丽苏’，从酒吧妹一路捧成小歌后。庄麟这才哪儿到哪儿啊。”

“估计庄麟现在受宠也就是一阵儿新鲜，现在不就又来了个更鲜肉的杨宇泽吗？这个不仅鲜，而且土豪，庄麟明年首专一出，就该变腊肉咯！”

庄麟掰碎了键盘。

这个帖子还在继续：

“皇后是不是定得太武断了，那可是皇后啊，相当于上位成功，结婚领证，别人全是妾。你们真的觉得有人上位成功了吗？我倾向于空缺，最高就是贵妃。”

“楼上天真了，怎么叫上位成功，领证吗？关澜和陈锦都住一起了，这还不叫上位成功，怎么叫成功啊？”

“楼上慢着！怎么就单方面宣布是陈锦了！我们老周不服啊！陈锦不也是今年才杀出来的吗！不要空口白话就说住在一起了，上‘实锤’啊！别拿上次那张糊得连亲妈都认不出来的社区监控照糊弄人！”

“讲道理，你们拿楼主那套标准来看，那确实谁也不能跟周骏卓比，那是多少张专辑多少首歌，绝对冠绝后宫啊！但陈锦不一样啊，陈锦又不是唱歌的，她不能用这个标准定位分啊。这么大一个后宫，就她一个不是唱歌的，这还不能说明问题吗！”

“楼上这么一说，我也开始觉得陈锦是天降系真爱了，陛下眼光清奇。”

后面就都是周骏卓跟陈锦在争皇后，没庄麟什么事儿了。

庄麟怒关网页，给关澜发消息：陛下今天要召哪位小主侍寝啊？

他以为关澜要再拖他一会儿的，没想到他居然秒回了。

关澜：就麟昭仪吧。

很好，手机也报废了！

杨佩青高兴了一阵子，心里又觉得不对劲起来。

媳妇要上进，这个当然得百分百支持，但是上进也不能总往别人家里跑啊！

他就跟陈锦说，关澜在你困难的时候给了你支持，这个咱们得感谢人家，改天好好请他吃个饭。但是你老往他家里跑，不太合适吧，毕竟是前任，被人看到了不太好吧？

陈锦：“我没住他家就不错了，我自己家可还装修着呢。”

杨佩青：“来跟我住啊！”

陈锦：“你也是我前任啊！跟你住就合适？”

杨佩青就急了：“我不仅是你前任，我还是你下一任啊！”

后来关澜听说了这件事，就跟陈锦说，事情到了这个地步，你就跟人家坦白了吧，咱俩这个锅背得也够久了，从没在一起过，何必强撑呢？

陈锦说，不行，我得在跟他在一起之前对他的智商进行一个最终摸底测试，我偏要看他什么时候自己能发现。

关澜："那要是一辈子都发现不了呢？"

陈锦："……不至于吧？"

陈锦随后自己想了一下，绝望地承认还真有这个可能。

陈锦："一年吧，给他一年时间。咱俩哪天在一起的来着？两个月还是三个月之前？就从那天开始算，一年之后他要是还没发现，我就告诉他。"

关澜于是上网搜新闻，找到他跟陈锦一起吃饭被爆出照片的那一天，然后往后推了一年，在这个日子上设了个闹钟："你看，就是这天。"

陈锦："我由衷地希望，这个闹钟不要派上用场。"

这样一看，他们两个做朋友，四舍五入差不多有一百天了。

于是两个人就出去过纪念日了。

吃饭购物，温泉水疗，最后糊着泥浆面膜互相涂脚指甲油。

关澜对这个行程是拒绝的，不过这方面他向来都是由着陈锦的，没有什么发言权。

关澜："这是我三十年来过得最娘的一天。"

陈锦掏出手机，对着自拍镜头比了个剪刀手："那可得好好纪念一下，来，say cheese（笑一个）！"

关澜想捂脸，已经来不及了。

这张照片，成为他生命中最想销毁的照片之一。

第十九章

蔷薇蔷薇处处开

杨宇泽到了关澜手底下，走的是常规艺人出道的流程。他安排人给少爷写了首歌，花大价钱在网上做了一轮宣发，然后杨宇泽就带着这首歌到各个场合里在观众面前混脸熟。

其间免不了需要同公司的前辈帮衬一下，这个前辈，就是庄麟。

庄麟自打看了那个后宫八卦帖，就看杨宇泽这人十分不顺眼，尤其他对着关澜一口一个“师兄”的那个腻歪劲儿，真是叫人横竖看着都不爽。你们这是哪门子的师兄弟啊，就你这点半吊子水平，要不是投了个好胎，给关澜跪在地上端洗脚水都不配，还觍着脸“师兄师兄”的，真好意思攀扯！

不过他到底是老板的亲侄子，庄麟不好太无理取闹，于是在公众面前捏着鼻子做完互动，私底下就一副冷脸，半句话也不多说。

他是不知道，关澜这边也看这少爷不太爽。

那天午休一起吃饭，杨宇泽问关澜：“师兄，庄麟现在什么情况？”

关澜一开始没明白：“什么什么情况？”

杨宇泽：“是单身吗？”

把关澜吓了一大跳。

杨宇泽笑：“您别紧张，我是直男，不是要追他，是我认识的妹子想追他，我想给人牵个线。”

关澜想，杨小少爷的朋友多半也是跟他出身差不多的富家小姐，她们想找艺人交往，一是图个新鲜刺激，二是圈子里有个虚荣攀比，不是真心想寻求踏实稳定的感情关系。不管是从事业上还是情感上，这对庄麟都不是什么好事，他自然不能同意。

关澜：“我瞧他心思都在音乐上，没想着谈恋爱的事儿。”

杨宇泽："哎呀，人家女生就是喜欢这种高冷的。"

哪儿高冷了？

关澜很想把和庄麟的聊天记录贴杨宇泽脸上，好好问问他，这个人到底哪儿高冷了？

关澜义正词严道："不行，别说公司规定不允许，我也不做这个给歌手牵红线的事儿。"

杨宇泽吐吐舌头："好吧，师兄您铁面无私。"

关澜："总之，你要是想好好唱歌，就不要想着搞这些有的没的，你跟你爸抗争这么多年换来的这一年自由，就是用来给小姑娘牵线的啊？"

杨宇泽："那倒也是。

"师兄啊，你实话跟我说，我的音乐天赋怎么样？"

关澜看他，琢磨着是要跟他说实话还是委婉点的实话。

杨宇泽："您就直说，放心，我绝不玻璃心。"

关澜笑："实话你妈妈没跟你说过吗，还是非得外人跟你说你才信？好，那今天我就来当这个坏人。说实话，你就是KTV麦霸水平，比平常人好一点，在专业歌手中很平庸。"

杨宇泽叹气："我想也是。上周跟庄麟哥上通告，听了他的现场，我就有这个感觉了，不过还是有点不死心。"

关澜有些意外于他的自知之明。

杨宇泽："不过呢，其实我只是想进娱乐圈而已，唱不唱歌的，我倒真不是很在乎。师兄，依你看，我该转战哪个领域啊？"

关澜："拍戏会红得快一点吧。"

杨宇泽："那我这种没经验没演技的，是不是要我二叔砸好多钱捧我啊？”

关澜：“拍戏我不熟，不过应该是这样吧。”

杨宇泽：“唉，那就没劲了。”

这个圈子，有的人没钱没资源，在生存线苦苦挣扎；有的人什么都有，却还嫌没劲。

杨宇泽：“你看我做综艺怎么样，我觉得这个我肯定做得好啊！”

关澜：“……”

杨宇泽：“师兄，你跟陈锦挺熟的吧？能介绍我跟她认识吗？”

关澜：“……”

杨宇泽：“对了，陈锦是单身吗？”

关澜：“还是替人牵线？”

杨宇泽：“不是，这个是我自己喜欢。”

好样的，少年，去抢你叔的老婆吧！我就等着看你们家爆出伦理大戏了！

最近，关澜感觉自己的创作灵感像春雪乍融，渐渐找回了一些前几年写歌的感觉。

他给自己的心肝陆青写了几首歌。每个创作者都有几个心尖上的歌手，多年来，他的男心肝换了一个又一个，女心肝一直就只有一个陆青。

关澜把陆青从酒吧里捡回来的时候，陆青已经二十八岁了，长相也一般，品位还特别糟糕，整个一夜店非主流。因此，后来她两摘金麦奖，登顶歌后，让所有人瞠目结舌的同时，也成就了关澜的业界神话。

陆青这个人十分有个性，在娱乐圈这么多年，说起话来一直是不管不顾的，谁都不怕。前一阵子有个乐评人在微博上讽刺关澜，说他潜过的人比写过的歌还多，陆青就直接把这条微博转发出来怼回去："而你就只能在家里抠着脚丫子当'键盘侠'，心酸得要命吧？"后来有人拿这件事情攻击她，说她果然跟关澜有不正当关系，她又直接回复人家："跟你有什么关系？关澜哪天要是想，我不会有任何意见。"

这么个破嘴，直把她经纪人愁得头都要秃了。

而关澜就是喜欢她这股劲儿。唱歌也是，酷酷的，一股"本女王看不起你们"的气息从嗓子眼儿里往外透。

陆青得知关澜给她写了新歌，十分高兴；但拿到歌以后，又有点无语。

之前关澜给她写的歌，都叫《万古长夜》《铁马冰河》；这次呢，左一首《突然心动》，右一首《恋爱蔷薇》，简直整张乐谱都是粉的。

陆青："你这是给我写的？没拿错吧？"

关澜："我非得写首歌叫《黑夜》你才相信是给你写的是吧？"

陆青："所以，你是真的想要我捏着嗓子唱这玩意？"

关澜："怎么了？还好吧，有这么雷人吗？"

陆青："你自己看啊！我三十多岁的女人了，你要我唱《恋爱蔷薇》！"

关澜："你要是受不了就改个名嘛，《黑夜蔷薇》怎么样？"

这要是换个人，陆青早就把乐谱甩他脸上了。

陆青："你看看公司有没有签十五六岁的小女孩，你这几首歌，过了二十的都唱不出口。"

陆青走了之后，关澜拿着乐谱左看右看，觉得还好呀，这女人也太夸张了吧，三十岁的女人就不能偶尔粉红一下吗？

他把任晓飞叫进办公室："来，你看看这几首歌怎么样？"

任晓飞看了一下说："写得真好！是写给 X-Dream 的吗？"

X-Dream 是新出道的少女偶像团体，平均年龄十八岁。

关澜："是……"

他是没有勇气说"我其实是写给陆青的"了。

真的很少女吗？

后来市场告诉他，是真的很少女。

关澜把《恋爱蔷薇》改了改，改成适合团体演唱的《蔷薇之夜》给了 X-Dream 唱，这首歌立刻就成了流量爆发的年度热单，街头巷尾人人都能唱上两句那种，在中学生中尤其流行。大家都称赞关澜厉害，连这种风格都能驾驭得很好。这首歌火了之后，陆青在微博上疯狂吐槽："你们能想象吗，这首歌一开始是给我写的！关澜是不是脑子'瓦特'（坏掉）了？"——当然，这些都是后来的事了。

虽然不知道为什么风格有些跑偏，但谁说他关澜就不能走粉红少女风呢！

市场效果好就行了嘛！金牌制作人，就是要什么风格都在行！

就是让陆青空欢喜一场，关澜感觉有点对不起她。

《蔷薇之夜》开始发行，这首歌一上市就火得一塌糊涂，到处都是穿着糖果色裙子的五个青春少女连唱带跳的 MV。这时天龙的营销策划部想了个"天才的企划"，他们想要召集公司的五个男艺人，穿上西装三件套，拍个男版《蔷薇之夜》MV。

策划总监在行销例会上提出这个方案时，关澜觉得他该吃药了。但杨佩青居然很喜欢这个主意，开始认真谋划选角，关澜想打电话问问陈锦，杨佩青是不是忘吃药了？最后杨佩宁拍板定下了这个方案，关澜想，可能该吃药的是自己。

庄麟势头正劲，又适逢首专即将发行，赫然在五人之列。

关澜："他不可能同意的，对于音乐，他有自己的标准和格调。"

杨佩青的助理举起手机："庄麟已经同意了。"

关澜："……"

杨佩青："关总怎么还看不起自己写的歌呢？通俗不是低俗，这歌的格调并不低下啊。庄麟的定位又不是那种不近人情的高岭之花，况且这首歌的配舞也是青春活泼型的，不是卖弄性感的风格——X-Dream成员还都是小孩，我们也不能让未成年人搔首弄姿啊，那也太没下限了不是——这并不会伤害庄麟的形象，当然也不会伤害其他艺人的形象。"

关澜："好吧，我去吃药。"

杨佩青没明白他这个梗："你病了啊？"

嗯，看来幽默感并不能通过恋爱传播。

关澜去围观了一下MV的拍摄现场，看了一眼就觉得要瞎了。

五个人，除了杨宇泽真的十八岁，违和感还不那么强烈，其他人里庄麟算是最年轻的，都是二十好几三十来岁的男人，看他们扭着腰卖萌的样子，关澜觉得自己得多吃点药。

关澜："你为什么答应来录这个？"

庄麟："这首歌那么可爱，一定是一个特别可爱的人写的。"

关澜有种被调戏的感觉，居然不知道怎么回嘴，顿时不想跟他说话了。

庄麟："录完这个我去找你，你下午在办公室吧？"

关澜："你不要在工作时间找我！"

庄麟诧异地看他："专辑的事情，我不能找你吗？还是你在邀请我非工作时间去你家里跟你谈？"

关澜转身出门："下午三点，过期不候。"

无论如何，这个事情只算是一个小插曲，关澜手上真正的正事，就是庄麟的专辑。

庄麟，作为一位名校海归的创作型音乐才子，如果专辑里没有他自己写的歌，那就实在说不过去了。

故而关澜现在的首要任务，就是给他打磨出几首好歌。

庄麟："林建晖前几天找过我，不过我没理他。"

关澜正琢磨着专辑的事情，一时没有反应过来："你跟我说这个干什么？"

庄麟："表表忠心嘛，我是要一直跟着你的，谁也撬不走。"

关澜失笑："你这……下次别什么都往外说了，说话之前留个心眼，过过脑子。这话你跟我说，你想想合适吗？"

庄麟睁大眼："有什么不能说的？"

关澜看他的神情，想想还是不要把那套"职场厚黑学"的东西灌输给他了。搞艺术的歌手，还是心地单纯点好。

关澜笑："没事，很好，谢谢你。"

庄麟满意地笑了。

关澜："好了，说正事，你的歌。这一首我觉得可以出两版，再写一版粤语的，你能唱吗？”

庄麟：“你还会写粤语歌？”

关澜：“我不会写，你自己是说粤语的，你自己写。”

庄麟：“我也不会写。”

语气十分坦然。

庄麟：“我十岁之前在北京长大，大学又出了国，实际没在广州那边待几年，而且学校里大家都讲普通话。我是会说会唱，不过比起人家真正的广州本地人，差远了。”

关澜：“你在北京长大的？我都不知道。”

庄麟哀怨：“我的事情，你一点都不关心。”

关澜真的不懂他哀怨的点在哪里。

庄麟掏身份证：“来来来你看，我是北京户口呢，现在很值钱的哦。”

关澜也掏身份证：“我也是北京户口。”

庄麟：“我们两个，现在也算是交换过身份证的关系了。”

关澜：“这也能算一种关系啊？”

庄麟振振有词：“公众人物的身份证可是很私密的东西，不能轻易给人看的。比如现在，我就知道了你没有虚报年龄。”

关澜：“我为什么要虚报年龄？”

庄麟：“我怎么知道，虽然你不是艺人，不需要装得年轻，但你作为制作人，很可能需要装得老一点，显得很有资历的样子。”

这话题不知道要歪到哪里去了，关澜强行扭回话题：“既然在北京长大，后来怎么又去广州了？”

庄麟：“我爸妈离婚了嘛，我跟我妈。我妈这个人特别能闯，饭馆、服装店、美容院，什么生意都做过——现在她在开网店。”

关澜惊讶道：“我以为……我之前以为，你肯定是特别特别有钱的那种家庭出来的。”

这也不怪他，任是谁听说一个人从世界级的艺术名校毕业的，第一反应都会是“他家肯定特别有钱”。

庄麟：“我爸是特别有钱，不过我们跟他现在不怎么来往了。我妈也很有钱啊，不要看不起开网店的嘛。”

关澜：“那你妈妈真的很了不起，一般人可真没有这个魄力，花这么多钱送孩子去学艺术。”

庄麟：“嗯，我妈是个特别厉害的人。你想见她吗？”

关澜：“她给我做了那么多好喝的汤呢，是该好好谢谢她。”

庄麟这才想起，关澜依旧以为汤是他妈妈煲的。

澄清真相似乎有点丢人，还是让这个美丽的误会继续存在下去吧。

第二十章

华语乐坛需要我

庄麟的首专发行在即，正是宣传战的紧要关口。

他去电台打歌宣传。

电台访谈的话题都很常规，都是庄麟闭着眼睛就能说出标准答案的那种。

主播：“我注意到，你新专辑的制作人是关澜老师。我也采访过很多关澜老师带出来的歌手了，这个问题我每个人都要问——你被他虐得不轻吧？”

庄麟：“完全没有，我们合作得相当愉快。”

主播：“是吗？那还挺难得的。上次陆青来，坐在这儿跟我抱怨了半天，说进关澜的录音棚压力特别大，录音的前一天晚上都得失眠。她跟关澜合作这么多年了，还被虐成这样，你今年才刚刚开始跟他合作，适应得了吗？”

庄麟大言不惭：“我想这可能就要看人与人之间的磁场和化学反应了，我们两个就是特别合拍的那种。”

其实关澜丝毫没有因为他们私交的深入而在工作上对他下手轻一些，相反，不知道是不是庄麟的心理作用，关澜对他好像还比之前更狠了。

不过，他也乐在其中。

这种为了热爱的事业和知己并肩战斗的感觉，真的很美好。

主播：“哦？看来你跟关老师在合作过程中擦出不少火花啊。”

庄麟：“那是当然——我知道关老师跟很多优秀的前辈歌手合作过，但我相信，跟我合作给他带来的体验，也是全新的。”

主播笑了：“你这样一说，我对你的新专辑更加期待了呢。”

庄麟总算想起来自己是来干什么的了：“谢谢你，也希望大家关注我的新专辑《当歌》。”

关澜这边，工作上的事情告一段落，他就开始帮忙解决别人的情感问题。

陈锦：“真的，人家说的一点没错，在决定结婚之前，要么一起旅个游，要么一起装个修。哎哟，杨佩青真是气死我了，我算是知道为什么那么多夫妻装修完就闹离婚了。”

关澜：“品位不一致啊？”

陈锦：“品位那都是小问题，关键是这个人心里太没数了，被我们雇的施工队当傻子坑呢！

“之前讲好，材料费是材料费，工钱是工钱，最后要是我们满意呢，还会给工头和师傅们发红包。结果我那天去建材市场跑了一圈，你知道他们材料费黑了我们多少钱吗？”

陈锦掏出一张纸拍在桌上：“我就这么粗粗一算，就有好几万了！我们又不是不给工钱，要是嫌给得少，你直说啊，大家可以谈嘛！这么坑我们，是拿我们当冤大头吗？！”

陈锦：“我要把他们炒了，再跟他们把这些钱算清楚、讨回来，你猜杨佩青说什么？”

关澜大概能猜到他会说：几万块钱，不值得折腾，警告两句就得了，中途换人多麻烦。

陈锦：“他说，现在施工队不好找，睁一只眼闭一只眼吧，几万块钱就当丢了，你不开心我给你买个礼物，你要车还是要手表？”

关澜：“要我说也是——你现在拍一期节目拿多少钱啊，你有纠结这事儿的工夫，多接个通告，十倍的钱不都赚回来了。”

陈锦瞪他："你脱离无产阶级才几年，就已经不拿几万块钱当钱啦？"

关澜："喀，确切地说，我还是出卖劳动力给人打工的，不掌握生产资料，仍然属于无产阶级。"

陈锦："别蒙我没上过大学，知识产权不算生产资料啊？"

关澜有点蒙，不知道为什么话题就扯到他的阶级属性上来了。

陈锦："不管是几万块还是几千块，那是我自己挣的啊！有钱就活该当冤大头吗？"

关澜："你的想法我理解，他的想法我也大概明白。这是个时间成本的问题，你拿你们俩的年收入换算一下，你们一分钟挣多少钱？你们花时间、花精力掰扯这个事，就算把钱追回来了，扣掉时间成本，最后还是亏的。"

陈锦："你这个算法，跟他说的一模一样，我看你们俩比较适合一起过。"

关澜稍微想象了一下，不禁打了个寒战："谢谢，消受不起，你还是自个儿留着吧。"

陈锦把那张写满算式的纸折起来，又慢慢展开，似是无意识地在上面用手反复摩挲，语气有些低落："我心里就是过不去，一想到几万块钱白扔了，我就心疼得难受。你看，这么多年了，我还是这么小家子气。"

关澜："哎，这怎么叫小家子气，这叫精打细算，勤俭持家，贤惠。"

他觉得，消费观念谁对谁错搁一边，杨佩青这人的大脑在情感这个区域里装的可能都是粥。

换个施工队是能有多麻烦，在这个事情上顺着陈锦会死吗？

关澜随即意识到自己这个想法完全不客观公正，偏心偏到胳膊肘了，凭什么就非得是杨佩青顺着陈锦啊？不过人心天生就是偏的，这也实在是没办法。

陈锦："咱们先绝交两分钟，你现在不是我的朋友，你就从一个路人的角度说，这个事我们俩谁有理？"

关澜："不是所有的事都有对错的——尤其两口子的事，各有各的理。我觉得，最要紧的是把话说开，你得告诉他你的感受。"

陈锦："把话说开哪有那么容易，要能说开，我们也不至于折腾这么多年。"

关澜没说话，不过脸上写满了"那是你们俩情商有问题"。

陈锦斜他一眼，肆无忌惮地戳关澜的肺管子："你个单身狗，懂什么。"

关澜无语死了："你觉得我不懂，就不要来找我说这些啊！"

陈锦哼了一声："怪不得你单身，偶尔也看看网上那些感情鸡汤好吧！女孩子来找你倾诉，是要你提供情感支持，不是寻求解决方案的！你不要说'你应该怎样怎样'，只要附和她'真是太过分了，离开那个渣男！'就好了！"

关澜感觉她在说另一个世界的语言："你的那位是我未来老板，我可不敢这么说。反正道理你都懂，该怎么做你也明白。"

陈锦杏眼一瞪，撂下一句"男人都是大猪蹄子"，气鼓鼓地走了。

庄麟新专辑上市，正当人气井喷的时候，粉丝们却发现这个人消失了。

行程搜不到，微博也不更新，整个人不知道在干什么。

粉丝论坛里盖起了楼，大家都在讨论：这个人跑哪儿去了？

有老粉丝表示，大家习惯就好。这个人对宣传打歌极其不上心，就是一副爱听不听的态度，上次 EP 发行，庄麟也是不知道在干什么，偶尔配合宣传也是一副神游天外的模样，非常不走心。

新粉们开始觉得，当这个人的粉丝，真虐心。

庄麟此时，就跟上次 EP 发行时一样，在家煲汤。

小羊排经过腌制，除掉了腥膻气，与白萝卜一同炖至软烂，炖出奶白色的浓醇汤汁，鲜香四溢。

庄麟尝了一口，觉得味道绝赞，忙调灯光找角度拍下来发微博，配文：我最满意的作品！

微博下的粉丝哀号一片：你这个人，发完歌就消失了就算了，消失的原因居然只是躲在家里煲汤也就算了，最可气的是，你最满意的作品，居然不是任何一首歌，而是一道汤！

做这个人的粉丝，真的好虐心啊！

庄麟倒不是对煲汤有瘾，只不过他发现，自己新专上市，成绩喜人，金牌制作人关澜王者归来，创造了又一个业内神话；但是，就在这之后，关澜就跟打通关了一个副本一样，就此抛下他不理，他庄麟再也不是他关澜唯一的小可爱了。

他们在一个公司，庄麟稍微一打听就知道：现在关澜开始忙陆青的新专辑，又带了《下一站歌王》第二季的新人，似乎还有风声说关澜在打算给陈锦写歌。

庄麟心里就有些不舒坦了。

于是他提着保温桶就上门了。

他上次见识过关澜家的冰箱，知道这人恐怕从来没有开过火，因此他买了些食材，一并拎着去了关澜家。

门开了，他举举手中的菜："我来恭喜你。"

关澜一愣，随即笑了："应该我恭喜你的。进来吧。"

庄麟发现，同样是家庭不幸的小孩，他自己因为在国外留学过几年，好歹有一些基本的自理能力，而关澜，是真的什么活都不会干。

关澜就只能在一边抄着手看庄麟做饭。

这人好歹也独居了这么多年，能做到连菜刀都拿不好，也算是个旷世奇人了。

好在庄麟手脚麻利，没用多久就张罗了几个菜，两人开了一瓶酒，坐下对酌。

关澜举杯："我先敬你——辛苦啦，大厨。"

庄麟："我一直没有好好谢谢你。谢谢你，你对我说的话，你给我写的歌。我现在有那么一点成绩，都是因为你。"

关澜笑："那我也要谢谢你，谢谢你这么恰到好处地遇见我。写歌的和唱歌的，总是互相成就。"

庄麟："我记得你之前说，你需要一场大胜仗。现在，我可以问问，这场仗，你赢了吗？"

关澜又冲他举杯："赢啦。多亏了你，大将军。"

既然提到了事业，酒酣耳热之际，关澜忍不住把在心头盘桓了很久的念头跟庄麟提了出来。

"我师父之前问过我，有没有兴趣自立门户……"

庄麟听了，心头一阵激动："我支持你呀！你要出来单干，我第一个跟你走！"

关澜微笑："这我知道。这个事我想了很久了，只不过事到临头，总是勇气不足。现在在天龙，固然有时候诸多掣肘、种种限制，但老板总还是赏识我的，也没到日子过不下去的地步。反倒是自己当了老板，盈亏自负，上有股东下有员工，我不是个善于商业经营的人，到时候千百倍的压力压在肩上，真不知道我能不能受得住。”

庄麟想起他姐跟他说的事情，急道：“公司里不是还有派系斗争吗？我可听说，你名声不好，是公司内部有人做手脚的缘故。”

关澜摆摆手：“宵小之辈，不理他们。”

“而且，我身上还背着房贷，手头是真的没有什么钱。”

庄麟：“你还有房贷？你不是在北六环那儿买了一套别墅吗，为什么还有房贷？”

关澜：“那个房子不是我买的，是我有一年的年终奖。”

庄麟：“……”

关澜：“那一年是我的歌最火的时候，我被好几家公司疯狂挖墙脚，他们给我开的年薪，你都想不到。有一家公司有天开着一辆没上牌照的宝马在公司楼下堵我，说我只要答应去他们那儿，直接拉我去车管所上牌，当天就可以把车开回家。天龙为了留我，直接给我升职升到顶，年底就发了我一套房。”

庄麟：“好厉害。”

关澜：“现在想想，那套房我一年也住不了几回，而且杨佩宁他也没怎么出血，他们老杨家就是做地产的，给我的房就是他大哥的楼盘。我当时还是太年轻，眼界窄，一见别墅就走不动路。我应该要一套二环边上的小复式，这样就不用自己买房，也不用背房贷了。”

庄麟：“……”

关澜笑："对了，我是个假的有钱人。"

庄麟："现在开公司，需要自己有钱的吗？不都是用的别人的投资？实在不行，我有钱啊！我来做你的股东！我绝对不对你指手画脚！"

关澜："算了吧，你才火了几天，就膨胀了？你那点钱，先留着孝敬你妈妈吧。我要是想拉投资，还差你那点钱不成？"

庄麟："那你还担心什么呢？你瞅瞅你自己上一次综艺能挣多少通告费，实在不行就多出去折腰几次呗。最差不过是……就算你破产了，难道你带出来的这些歌手会不管你吗？就算周骏卓、陆青都是白眼狼……不是还有我呢吗。"

庄麟说到这里，居然有点羞涩。

"实在不行，你就给我一个人写歌，我养着你啊。"

关澜闻言"噗"地笑了出来，呛了一大口酒。

他拍拍庄麟的肩膀："谢谢你，不过，华语乐坛还需要我呢。"

第二十一章

前路漫漫需求索

关澜坐在杨佩宁办公室门口的椅子上。

秘书小妹过来给他倒水："关总您稍等一下，杨总电话会议拖得久了一点，最多还有五分钟就能见您。"

关澜把水接过来："谢谢，你去忙你的吧，我在这儿等着就好。"

小秘书坐回到自己的位置上，忍不住借着电脑显示器的掩护偷偷看关澜。

她作为老总的秘书，眼观六路耳听八方，自然知道关澜此时的心情应该不是太好。他这时来找杨佩宁，恐怕也不是来亲切友好地汇报工作的。

即使是这样，他还是这么和颜悦色彬彬有礼，真是个有魅力的男人啊。

关澜双手捧着水杯，拇指轻轻摩擦着杯柄。他想起了十年前，那时，自己第一次来到这间办公室，跟在林雪雯身后，踌躇满志又忐忑不安，像个刚刚领到三好学生奖状等待老师表扬的小学生。那个时候杨佩宁的秘书跟现在这个有点像，也是个大眼睛的姑娘，这可能是他特别的审美取向。不过那个姑娘现在已经是天龙广告部的老大了，圈子里的二线明星见了她都得叫一声姐。

居然已经十年了。

庄麟来访的那天晚上，出了点小意外。

大概是两个人都喝高了，庄麟一个兴奋，发了条微博，带照片，还@了关澜。

照片本身倒没什么过分的，关澜虽然打扮得有点居家，但是穿着整齐，表情正常。因为喝了酒，他脸颊微红，眼神还有点迷茫，有种与日常状态不同的反差魅力。

但是一夜过后，事情的发展出乎意料。

关澜最近一阵子忙得升天，处理完手头的事情已经是下午快下班的时候了。等到他察觉到网络上的异动时，局面已经难以收拾。

以昨晚庄麟发的图片为引，天涯、豆瓣、微博上的娱乐圈八卦营销号开始大规模地深挖“业界毒瘤”关澜的斑斑劣迹。

陆青、周骏卓已成明日黄花，关澜最新的“交易”对象是否是陈锦？最近迅速蹿红的音乐才子庄麟，又跟关澜有着怎样的不明交易和利益纠葛……

这些东西网上一直有，但如果说之前都是小打小闹的游击战，这一次就是大规模军团阵地战了。

庄麟从没见关澜脸色这么难看过——他心里也气，不过还是要先安慰关澜：“没事的，他们已经在删帖了，也都还是以前那些老料，没有什么实际证据，你不用回应，明天就完事了。”

关澜不说话。

庄麟：“也是怪我，我要不发那张图就好了。被他们拿来带了节奏，这些人真坏透了。”

关澜：“跟你没关系，没你这个事儿也有别的事儿，我早该想到，早晚会有这一出的。”

庄麟：“你知道是谁干的？”

关澜：“敌在墙内，我这几年升得太快，挡了别人的路啦。”

庄麟：“还是公司内部的那些人啊？林建晖吗？”

关澜叹了口气，没有立即回答。

即使他心中有数，但没有确凿证据，他也不愿凭空指责别人。

庄麟："不会因为他之前挖我我没理他，他就存心报复吧？"

关澜："跟你没关系。没有你也有别人。小小的一个公司，也有山头、有派系，你说可笑不可笑，这些事儿我心里一直有数。他们看不惯我，又拿我没办法，只能躲在阴暗的角落里用这些下作的手段恶心我。其实我之前真不在意这些，我一直记得我师父的话，我们凭本事吃饭的，谁的脸色也不用看。"

关澜："没想到，你不反击，他们就得寸进尺，当你尿。之前他们怎么黑我我无所谓，可这次，他们碰到我的底线了。"

庄麟："你的底线……不会是我吧？"

关澜白他一眼："想什么呢，当然不是。"

这次的火力毕竟都是冲着关澜去的，庄麟顶多受了点"流弹擦伤"，他真没觉得自己受到什么影响。不过关澜这一把雷霆之怒，真是让庄麟有点儿心跳加速。

关澜："黑我就黑我，我总归不靠曝光率吃饭。可你是歌手，是有公众形象的，事业刚刚起步，就有了这样恶劣的传闻，伤了人气不说，还坏了公众形象，以后广告代言会不会受影响？你是公司的艺人，他们为了打击我，完全不顾公司的利益了！"

庄麟想说，我真的没关系啊，不过一转念，换了话锋："这种公司，不待也罢，出来自己干吧，我支持你！"

关澜一怔，随即目光坚定下来，仿佛下定了决心。

关澜没有立即从天龙离职，这是他跟老板谈判的结果。杨佩宁当然不想让他走，开始的时候跟他百般谈条件，涨工资提待遇，连给股权的话都说了，最后才发现关澜是真的去意已决。

杨佩宁："好端端的，这是要干什么？是因为老林吗，林建晖？他这次确实是做得过火了，我可以把他调走，不让他碍你的眼。"

关澜叹气："杨总，我不是在跟您闹脾气，玩什么'他不走我就走'的戏码，都不是小孩子了，我要离开，也是深思熟虑之后的决定。"

果然啊，资本家都精明着呢，手底下的人的这些恩怨纠葛，那些阴暗角落里的小动作，大老板平日里装聋作哑，其实全看在眼里，心中雪亮。

只不过这次关澜受到了这么严重的侮辱和诋毁，要是他不提这事，老板还装不知道呢，给出的解决方案也只不过是一句"调走"了事。他们共事多年，杨佩宁对他也不是不赏识、不重用，但到了关键时刻，他如此凉薄，关澜虽然有心理准备，但还是免不了心寒。

这更坚定了他离开的决心。

最后杨佩宁无奈道："你决意要走，我自然拦不住你。你在我这儿这么多年，咱们还是好聚好散，离职红包我给你包个大的。就一个要求——你给我一个月的时间。"

这个要求实在不算过分。况且这些年"君臣一场"，杨佩宁待他不薄，他内心对这个老板还是十分敬重的。以后还要在一个圈子里混，低头不见抬头见，总不好闹得太僵。

关澜："好的，这一个月，我不会向别人透露任何消息。"

杨佩宁："你当开公司是多简单的事儿呢？工商税务要不要跑，从业资质要不要办，经营场所怎么选，公司架构怎么安排，注册资本多少合适，股权构成是什么样的，这些你考虑过没有？还有你总不能做光杆司令，底下的人谁有意向跟着你，你心里有数没数，了解过没有？更别提歌手的唱片约了，庄麟不用提，其他人呢，陆青、姚洁、周骏卓，你跟他们谈过没有？要我说，一个月时间都嫌紧，你抓紧时间开始准备吧。”

关澜目瞪口呆。

并不是他没想过这些问题，而是以杨佩宁的立场，说这些话实在教他意外。如果自己这样大张旗鼓地行事，岂不会搞得公司上下流言四起、人心浮动？

但既然老板已经授意了，关澜也就不跟他客气，理清千头万绪，着手筹措起来。

后来还是陈锦告诉的他，杨佩宁打的是什么算盘。他早有心思对公司进行大规模的人事整顿，但是公司这么多年，下面利益关系盘根错节，上面还有董事会掣肘，一直找不到机会。这次关澜出走，他在明白自己已经留不住人之后，立即掉转心思，要拿这个事做筹码，跟股东们扯皮：

现在关澜要走，公司上下人心惶惶，都在传他是被公司内部某些势力排挤走的，局面要控制不住了，你们再不让我肃清，这个公司就要完蛋。文化娱乐产业是虚拟经济，没有房子没有地，台柱子一走，说散就散，说完就完。这十几年来的娱乐公司、经纪公司不知死了多少，咱们天龙做得大，那也不可能千秋万载。千里之堤溃于蚁穴，何况他关澜可不是蚁穴，他走了，拔出了萝卜还带着泥，起码留下一面墙那么大的窟窿。现在正是危急存亡之时、大厦将倾之际，能不能壮士断腕、刮骨疗毒，就在诸位一念之间了。

最后杨佩宁成功地忽悠了整个董事会，董事们都觉得这个公司再不整治就完蛋了，他才得以放开手脚，彻底洗牌。

关澜那天上午跑了几处写字楼察看场地，下午联系投资人筹措资金，晚上听陈锦说了这些，内心久久不能平静。

他把这个事儿给庄麟讲了，然后感叹："我觉得我当老板，再修炼一百年也没他这水平。"

庄麟："这叫什么水平，玩弄权术，连唬带诈，你可别学他。"

关澜："你是不知道，我跟他谈的时候，前一分钟还在留我呢，要给我股权什么的，一看留不住，当机立断，立马开始考虑怎么把我辞职这件事情最大化地为他服务。这可真是太吓人了。"

庄麟："他是浑身铜臭的资本家，你可是搞创作的，你跟他怎么能一样？你要是真修炼成他这个德行，那还写得好歌吗？"

关澜一惊："对，你说得没错。唉，我这些天千头万绪，俗务缠身，被这些事情迷了眼，差点掉沟里了。谢谢你的提醒。"

除却这些俗务，他手上还有两件大事：一是陈锦的专辑，二是庄麟的演唱会。

说到陈锦，她跟杨佩青这一对作来作去的情侣，总算是有了一些安定下来好好过日子的趋势。

陈锦："尽管不容易，我们还是把所有的话都说开了。"

关澜是真为她感到高兴。

陈锦："不过他现在又有点过度敏感了。就经济条件这个事儿，他之前没有意识到的时候，那是一点都没有这个意识；现在意识到了，他就觉得自己之前特别不是东西，特别愧疚，于是就用力过猛了。我上周看他脖子上起红疹子，以为他吃什么过敏，后来发现他上班穿的衬衫料子不对，一翻标签上网一查，你猜怎么着？六百块钱，商场平价品牌。"

陈锦：“我估计他长这么大都没穿过六百块钱的衣服，连我都好多年不会穿这个价位的衣服了！”

关澜：“是有点夸张……”

陈锦：“这倒不全怪他，后来他说是助理给他买的。我估计他就是吩咐人家买便宜点的，他心里没数，助理也拿捏不好要买什么价位的才合适。”

陈锦：“我跟他说，‘这个事情，归根结底是我自己心态有问题，应该我去改变，你理解我包容我就好了，不用降低你的生活质量来迁就我啊！更何况这一迁就，都迁就得不如我了！’他还不高兴，觉得我嫌弃他娇气，还跟我赌气，说世界上有那么多人，每天穿六十块的衣服都过得好好的，他怎么就不能穿六百块的衣服了？”

关澜：“以前怎么没发现，他是这么个小公主的脾气呢？”

陈锦：“说实话他能为我做这些我挺感动的，但是总感觉他这个人你很难跟他讲道理，不吵上几架，根本说不清楚。”

关澜：“吵完了难道不会更说不清楚吗？”

陈锦：“最后我说，你也别在这种事情上费心思了，以后你的着装我来操办，我给你准备什么你穿什么，你就啥也别管了。”

关澜：“他闻言非常高兴，然后又跟你吵了一架？”

陈锦：“你真了解他……”

我用不着了解他，这个人的心思跟狗一样单纯。

关澜：“其实这个事情的终极解决方案，就是你们俩经济上透明共享，跟正常两口子一样，他工资上交，你来管账，家里所有大型开支都走家庭共同账户。”

陈锦：“他的钱比我多那么多，这不又成我贪图他的钱了吗？”

看来陈锦心里这个结，不是一时半会儿就能解得开的。

不过情感关系总要磨合，虽然这两个人的磨合期来得晚了一点。他们像一对企鹅夫妻，磕磕绊绊地一起觅食、一起筑巢，慌慌张张地相携着躲避海豹，打完架再和好，夜幕降临时碰一碰对方的喙，依偎在一起，傻乎乎又暖呼呼地甜蜜着。

发行首专十年之后，陈锦的二专《败犬》，由金牌制作人关澜亲手打造，本月正式发行。

说来有趣，这张专辑的问世，竟是杨佩青牵的线。

杨总这个人疑心病甚重，总觉得关澜和陈锦暗通款曲藕断丝连，一直坚持不懈地吃着关澜的干醋。

杨佩青每次见到关澜，都是一副关澜欠他八百万的后妈脸。

杨佩青："这张专辑是我给她准备的生日礼物。我知道她第一张专辑失败之后，心里一直没放下。我想你是业界最好的制作人，又是她的朋友，希望你能帮忙。"

其实专辑的事情，关澜早就跟陈锦沟通好了。但关澜这个人心肠很坏："咱们可得说好，这礼物算是我送的还是你送的呀？"

杨佩青："制作费我掏，当然得算我送的。你就按你的正常报价给我开价。"

关澜："我跟陈锦什么关系，我给她写歌能收钱吗？"

他感觉杨佩青额头上的青筋都要暴出来了。

杨佩青："好，就算是你送她的礼物也行。"

专辑出来后，陈锦发现实体唱片包装的封底上印着一行字：

一位不愿透露姓名的杨先生的告白。

杨佩青想，看来关澜这个人的良心还没有死透。

至于庄麟的演唱会。

庄麟人生的第一场演唱会，关澜比他本人还紧张。

倒不是担心别的，就是怕他搞事情。这个人表面上乖萌听话，实际上自己心里主意大得很，总是想着搞个大新闻，这让关澜和他的经纪人时刻精神紧绷。

庄麟可是要靠曝光度吃饭的，可不能任性乱来。

庄麟："演唱会你要去吗？"

关澜："你的第一场演唱会，我说什么也得到场啊。"

其实他心里想的是：一定要时刻警惕、严防死守，一旦发现他有搞事情的苗头，必须第一时间冲过去给话筒消音。

关澜一晚上提心吊胆，着实没有静下心来好好欣赏庄麟的演唱。

好在没出什么岔子。庄麟声音天赋绝顶，现场效果一流，整场下来气氛热烈，最后全场观众大喊着"安可"。

返场曲自然是《乐章》。

前奏响起，庄麟示意伴奏乐队先停一下，他有话要说。

关澜心中一紧。

庄麟："这首歌呢，我觉得我唱得挺好的，不过有一个人，他唱得比我好多啦。

"我还记得他第一次给我唱这首歌的那一天。那一天，可以说，我的人生被他彻底改变了。

"这首歌的出现，是我人生中发生的，最美好的事情。

"我现在要请他上来，跟我一起唱完这首歌。"

来听演唱会的都是死忠乐迷，一听他这话立即猜出了这人是谁。

关澜在歌迷们山呼海啸般的呼声中走上舞台。

当你的眼睛冲我微笑，台下的千万人都成了尘埃。

演唱会获得了巨大成功。庆功宴后，关澜开车送庄麟回家。

关澜："我有时候想，虽然现在演员挣钱容易，但真正的天王巨星，往往是唱歌的。

"过几年你能在鸟巢开一场演唱会就明白了。当十万个人、十万根荧光棒随着你的节奏而舞动，那种视觉和灵魂上的震撼力，是你拍多少电影、电视剧都体会不到的。

"唯有这种在十万人的注目下为帝为王的经历，才能塑造一个人的巨星气质。"

庄麟："好，那你等着。会有这一天的。"

第二十二章

唯有歌声是永恒

关澜忙了一个通宵，蒙着头睡得晨昏颠倒，直到被一阵铃声吵醒。

蒙眬中看见屏幕上“陈锦”两个字，顿时火大，突然中断睡眠的起床气喷薄而出：“大半夜的搞什么，你最好是真的有急事！”

对着电话吼了有半盏茶的工夫，他才发现两个事实：第一现在是白天；第二这并不是陈锦的来电。

它甚至不是一个来电。

它只是一个闹钟，弹出的提示语是：陈锦一周年。

倏忽间，关澜有些背脊发寒，几乎要以为这是个灵异事件。

他在床上愣怔地呆坐了五分钟，待到睡意完全退去，才陆续确认了两个事实：第一陈锦还活得好好的；第二，今天大概是他跟陈锦正式做朋友的周年纪念日。

这也太诡异了，他干吗要设这么个闹钟啊！

起床刷牙洗脸的时候他才渐渐想起来，去年似乎有这么个事：

他跟陈锦相约，如果一年之内杨佩青都没有发现关澜、陈锦假情侣关系的真相，陈锦就要主动向杨佩青坦白，他们从来没有在一起过。

关澜按着自己突然兴奋起来的心脏，诚心地忏悔：我这个人，心肠实在太坏了。

这是一个寻常的周二，一天中最令人昏昏欲睡的下午两点。上班、上学的人们忍着哈欠，偷偷拿出手机刷个微博，刷出了这么一条：

关澜：“一年了。@陈锦。”

短短的五个字，看得不少人一个激灵，瞬间清醒过来。

一年了，什么一年了？

网络时代，查证信息非常简单，很快就有人查出来：一年前的今天有条新闻，关澜陈锦同桌用餐，车接车送举止亲密。

有嗅觉敏锐的营销号迅速跟进，整理了关澜、陈锦这对绯闻情侣的剧情线：《一年了：正主亲自下场发糖，关澜的神秘恋人终于浮出水面？》

以“关澜后宫评级事务委员会”为首的热心网友激动得老泪纵横，热切等待着陈锦的回应。

陈锦的回应没等来，事情却往另一条更加令人激动的剧情线向前发展。

下午三点。

庄麟：“一年零三十五天。@关澜。”

那栋本来已经沉到论坛五十页开外的后宫楼，迅速被顶了起来，热度瞬间飘红。

关澜后宫评级事务委员会常务副主席：“虽然没有查到一年零三十五天前发生了什么事，不过根据庄麟回国的时间和后来他跟关澜签约的时间，可以推断出这应该是他第一次遇到关澜的日子。”

“可以的，麟妃有种啊，‘正面刚’，不要停！”

庄麟经过这段时间的不懈努力，终于连跳两级，跻身四妃之列。

“啊，这就是宠妃的气魄！年底升贵妃我看没问题！”

也有人出来泼冷水：“拜托你们不要再沉浸在后宫幻想里了好吗，之前你们玩玩这个梗也就算了，现在关澜明显已经有稳定的对象了，再这样不合适吧？”

这种扫兴的声音很快就被淹没在汪洋大海里了。

三点十五。

陆青：“六年又一百四十天。@关澜。”

如果说庄麟那条微博还要人猜一猜的话，陆青这一条微博的意思就昭然若揭了。她配上了一张照片，是“幻夜酒吧”的招牌。老粉都知道，陆青原先在这个酒吧做驻唱，她就是在这里遇到关澜的。

这时，部分见机快的人已经嗅出了一丝味道：这不是什么单纯的八卦绯闻，这是一场精心策划的网络营销。

于是，各个圈子里的各路人马，只要是认识关澜的，纷纷开始了一年、两年、三年、五年的跟风。

事件在下午四点时达到高潮。

周骏卓：“十五年又二百七十三天。@关澜。”

配图是他们中学时乐队的手绘海报。

这条微博一出，所有人都消停了。

“你赢了你赢了。”

“要不起要不起。”

“哈哈哈哈我老周一出手，一个能打的都没有！”

“只有关澜的妈妈携产检B超照片可以一战了。”

后宫楼里的群众一头雾水：难道这真的只是一场营销？关澜是有新歌要发还是新专要上？这种炒作方式，很是新颖啊！

始作俑者关澜，更是目瞪口呆。

我们把时间往回倒。

下午两点零五分，陈锦的电话打过来。

陈锦：“你搞什么啊！！！你是手机被人偷了还是突然发疯

啦！”

关澜：“你忘了咱俩的约定了吗？”

陈锦：“啥约定？我哪天失手把你打死了记得给你办后事？”

关澜：“唉，我一猜你就忘了。”

关澜：“今天，你要正式承认你找了个智商欠费的老公，整整一年都没有看破咱俩的关系，然后告诉他真相，你不记得了吗？”

陈锦：“……”

她垂死挣扎：“谁说他没看破的，他肯定早就看出来了，没说而已。”

关澜：“嗯，你高兴就好。”

陈锦：“你等着！我一定要让他自己发现！”

关澜：“距离今天结束还有十个小时，加油。”

陈锦怒挂电话。

留给陈锦的时间已经不多了。

她家的“高龄小公主”被关澜的微博气得不轻。

陈锦的心情十分复杂。

到了现在，她实在是无法再欺骗自己了——看来杨佩青是真的被他们一时兴起的拙劣表演骗了整整一年，而对真相毫无所觉。

陈锦想到这个事实，就觉得人生前路漫漫，他们两个人的未来只能靠自己一个人的智商扛着，实在责任重大，十二分心塞。

然而陈锦并未放弃那一丝“让杨佩青自己发现真相”的微茫希望。

陈锦：“你觉得，他说的一周年，是什么一周年？”

杨佩青斜睨她：“我都已经不提这个事儿了，你今天是不是有点想吵架？”

陈锦不理他这茬，循循善诱道：“你看，一年前的今天，你、我、关澜，咱们一起吃了顿饭。按理说，那个时候，我跟关澜应该已经在一起一段日子了，所以今天并不是我们在一起的纪念日。那么关澜为什么还要说一年呢？你好好想想。”

杨佩青：“嗯，已经在一起一段时间了，那么今天，就是另一个特殊的纪念日呗。”

杨佩青语气越来越重：“看来你今天，是真的很想吵架啊。”

陈锦终于崩溃。

陈锦：“没有啊！我根本没跟关澜在一起过！我俩姐妹情深啊！好闺密！纯的！都是演的，都是骗你的！”

杨佩青：“什么？”

陈锦：“为了气你啊，为了显示分手之后我过得很好啊！跟前任吃饭不带个现任，我要不要面子的啊？”

杨佩青：“那你们演得未免太像了吧？”

陈锦：“关澜早扛不住了，跟我说过好几回，让我尽早坦白，一了百了。可我总不信邪，我觉得你不至于自己看不出来……没想到啊，千算万算，还是算不到你的智商这么……”

杨佩青沉默了许久才开口：“你觉得我特别傻吧？被你们捉弄了一年，蠢得无可救药了是吧？”

杨佩青：“你知不知道，我手底下的经纪人们，私底下管我叫‘捉奸队长’。那些艺人，谁跟谁在一起了，有没有隐婚、有没有劈腿、有没有财色交易，我把他们叫到办公室里问一问，撒没撒谎我一看一个准，从来没走眼过，影帝影后都没用。

“只有你……你说的话，我一秒钟都没想过要去怀疑。”

陈锦的心柔软得一塌糊涂。

她走上前去，与他拥吻。

陈锦：“我答应你，从今以后，再也不会对你说一句假话。”

关澜看着屏幕上不停跳动的转发和评论提醒，心想：我真是心太坏了。

事情到这里，尚在他的掌控之中，可他漏算了一个喜欢搞事情的庄麟。

庄麟这个人，有时候就跟个渴望得到家长关注的小孩儿似的，只要觉得关澜跟哪个其他的歌手关系比跟他更亲密了，他就要吃醋争宠。

关澜拿他没辙。

他这一带起头来，陆青是个看热闹不嫌事儿大的主儿，也正逢她新专上市，她乐得跟着推波助澜一把。

周骏卓呢，那也是个不服输的主：关澜十五岁认识我，认识我的时间都占了他人生的一半了，你们那认识三年五年的也好意思出来秀？论起跟他的交情，不是我针对谁，在座的各位都弱爆了！

所以你们究竟为什么要在这种奇怪的事情上争个输赢啊！

他发现，他带出来的这些歌手，一个个都很有个性，都不太让人省心。

然而这个事件还没有完。

当晚，一条本来不太起眼的新闻上了热搜。

关澜获得金麦奖年度制作人提名。

群众纷纷恍然大悟：原来如此！

原来今天这一出，千呼万唤始出来，就是为了炒热这个大新闻啊！

这么新颖的营销方式，还真是从来没见过。关澜写歌厉害，没想到也这么会营销！

关澜：我不是，我没有。

不过事已至此，他也无从辩解，毕竟事情是他自己先发起的，只好咬着牙把这个营销炒作的名头担了下来。

本届金麦奖，关澜走红毯的女伴照例是陆青。

虽然他跟陈锦的私交更好一些，但在音乐上，陆青毕竟是他的心肝。从陆青出道的第一年开始，金麦奖的红毯上都是他们两个结伴而行的，年年如此。

入了席，陆青一边保持着女艺人的职业微笑，一边低声调侃道："我可听人说，你是本届金麦奖的最大赢家呢。"

关澜："这不还没颁奖呢，我赢什么呀。"

陆青："有眼睛的谁看不出来，最佳新人是庄麟，最佳专辑是《当歌》，这不都是你一手调教出来的？你再拿个年度制作人，那不就是个大满贯，人生圆满了呀。"

关澜心里是很高兴的，面上却还矜持着："以前又不是没拿过。你拿歌后那年不就是吗。"

陆青："没有，没拿过这么全，总是差那么一点。"

说话间，最佳新人奖已经颁了出来。

"年度最佳新人，庄麟。"

虽然这个奖没有什么悬念，但关澜还是由衷地为庄麟高兴。

庄麟上台接过奖杯。

在一片晃眼的闪光灯中，他看见关澜在对着他微笑。

恍惚间，他觉得自己似乎梦见过这个场景。

那一瞬间，庄麟把提前准备好的获奖感言忘了个干净。

庄麟:“谢谢，谢谢组委会各位评委老师和广大歌迷对我的肯定。

“要感谢的名单很长，不过我最想感谢的那个人，大家一定都知道。虽然这些话我私底下都已经跟他说过啦，但我一定要在这里再说一遍。

“关澜老师，关澜先生。

“谢谢你遇见我，谢谢你找到我。

“谢谢你在我不为人知的时候无条件地相信我，谢谢你在我举止无当的时候无底线地宽容我。

“谢谢你，在我对你抱有愚蠢固执的恶意与偏见的时候，你仍能以真挚的赤诚，毫无保留地帮助我。

“谢谢你对我说的话，谢谢你给我写的歌。

“你对音乐的热爱与执着，我会一辈子尊敬，用一生去追随。

“你是天才，也是天使。

“谢谢。”

关澜被人在领奖台上感谢过很多次，他以为自己再听到这些话不会激动了。

但他发现，他有点高估自己了。

他想起那些拿不出作品的日子，他们说他江郎才尽，他们说他不务正业，他们说他是个毫无职业操守和道德底线的业界毒瘤。

他想，我需要一场胜利。

陆青转过头来看他，低呼道：“哎呀，你这是哭了吗？”

关澜眨了眨眼：“怎么会，这还没到我领奖呢。”

陆青冲着大荧幕仰仰下巴：“马上就到了。”

年度制作人。

关澜发现自己并不激动，也不紧张。

他知道自己会赢。

“获得本届金麦奖年度制作人的是——”

“关澜。”

他以为自己很淡定，但真的拿到奖杯的那一刻，他发现自己满手冰凉。

台下灯光耀眼。

周骏卓、陆青、NEXT、陈锦，还有庄麟。

关澜忽然笑了，举了举手中的奖杯：“我说句大言不惭的话，这个奖，你们早该颁给我了。”

台下笑声一片。

“刚刚那十秒钟，我不是忘词了——好吧，其实真的忘了一点，但主要的，我是在数，在座的歌手们，有谁进过我的录音棚。

“谢谢你们。我之前就跟人说过，写歌的跟唱歌的是互相成就，尤其是刚才一直在感谢我的那位先生，我也要特别谢谢你。

“做这行这么多年，我想我的梦想始终没有变。大家没听说过关澜，或者觉得关澜是个人品不怎么样的大坏人，那都无所谓。

“我只希望，商业街的大商场里，街角的小餐馆里，出租车的车载广播里，中学生的手机音乐软件里，人们听到我的歌，都会说上一句，‘啊，这歌不错。’那我就很满足了。

“以后我也会继续为大家带来好的音乐。”

关澜在经久不息的掌声中走下领奖台。

鲜花和荆棘都将腐朽，唯有歌声永恒。

番外

大婚

最近，关澜总想起小时候玩的一个游戏：在冬天结了冰的水面上立一个陀螺，拿绳子一抽，那陀螺就滴溜溜地转了起来，半晌不停。

他觉得自己现在就是那个陀螺，被工作抽得吱吱叫、连轴转，根本停不下来。

关澜当初自立门户为的是一个创作自由，现在倒是没人掣肘了，可也没时间创作了。

前段时间在综艺中露脸太多，他可是结结实实地被人嘲笑了一阵：吃相难看，艺术家人设崩塌。他师父林雪雯也把他提溜过去好生教训了一通，说他钻进钱眼里去了。关澜也只有苦笑——先前虽说有业绩压力，但好歹有公司兜底，挣不挣钱都好说，音乐人的架子要端住。而如今自负盈亏了，每晚入睡前都要想着自己要喂饱手底下这百十号人，简直要失眠，自然是有钱就赚了，哪里容得他挑挑拣拣还顾及形象的。

庄麟自个儿在网上看人家对关澜冷嘲热讽，心里气不过，要亲自披挂上阵大战黑粉，被经纪人怼了回去，只好憋着气给关澜打电话："关老师，你是不是缺钱？缺钱你跟我说呀！"

关澜笑他："哟，庄老板好阔气啊。"

如今庄麟已跻身一线，人气如日中天，再不是那个任打任骂任调教的小新人了，说话语气活似一个乍富的土大款。

庄麟："你给我写歌，随便你开价！"

关澜失笑："我说你这个创作才子，还不'断奶'呢？你要再唱我写的歌，下一个被黑'炒作卖人设、浪得虚名'的人，就该是你了。"

庄麟："我管他们怎么说！"

关澜："哦，那他们黑我你就受不了了？放心吧，这才哪儿到哪儿，比这难听十倍的话，你关老师我也不是没听过，倒是你，不是快巡演了吗？还不好好准备？"

庄麟的语气竟扭捏起来："哼，难为你这么忙，还记得我的巡演。"

这话说得像个闹别扭的小姑娘，关澜听得浑身难受。

关澜："要不要我给你联系联系老周、陆青他们，看看谁有空去给你做个嘉宾？场馆定了吗？审批下了吗？主办签的哪一家？营销签的哪一家？唉……哪天见面我跟你说说，这里面有门道，你可不要踩坑里……"

见他这样为自己操心，庄麟心里挺受用的："什么哪天见面，就明天呗。明天婚礼结束，咱们去喝酒。"

关澜一愣："什么婚礼？"

庄麟："忙昏了吧？明天陈锦大婚。你瞧你，这是当的哪门子朋友。"

明天陈锦结婚？

关澜赶紧上网搜新闻，新闻上明明白白写着陈锦的婚期，赫然就是明天。

他在自己乱成一窝蜂的办公桌上翻了一阵，最终在电水壶底下抽出一张皱巴巴的红色喜帖。

关澜："完了完了，我连礼物都没准备！庄麟，你给他们备的什么礼？"

庄麟："小杨总什么好东西没见过，我还备什么礼，礼金到位了不就行了吗。"

关澜刚刚松了半口气，庄麟又道："不过我跟他们是没什么交情，但关老师你不备礼物，就有点说不过去了吧。"

关澜强行自我安慰："我觉得没什么说不过去的，他俩差什么礼物，心意到了就行呗。"

庄麟："要是我没提醒你，你明天怕不是会忘了去吧？我看你这心意也有限哪。"

关澜心亏气短，恼羞成怒，怒挂电话。

公众人物的婚事，大凡遵循一个规律：越是真爱，越是低调。那些个敲锣打鼓搞得天下皆知，一场婚礼办成个大型营销展会的，那里面有几分情意、几分生意，可真就说不清了。

陈锦的婚礼办得小而精致，只邀请了圈里相熟的朋友，媒体一家都没请。

关澜知道杨佩青作为老杨家的男人，讲排场好面子，他娶个媳妇一定要惊天动地，要按他的意思来，那肯定要昭告天下，恨不能办个七天七夜。现在这么低调，一定是陈锦的意思。

关澜跟庄麟同路来的，感叹道："看来杨老三对她，还真是真爱啊。"

庄麟："婚礼嘛，新娘说了算，新郎也就是个道具而已。"

关澜："……"

庄麟："倒是关老师，礼物备了没有啊？"

关澜不要脸得十分坦荡："我带来了我真心的祝福。"

结果进了场，陈锦上下打量了关澜一通，直接来了一句：

"听说你空着两只手来的？"

关澜义正词严："怎么会呢，咱俩什么交情，我是那种人吗？我的礼物，绝对够分量！"

庄麟在一旁，对他投去了敬佩的目光。

这不仅仅是脸皮厚而已，这心理素质也是十分强大啊。

陈锦可是非常了解他：“什么也没来得及准备吧？接到请柬就忘到脑后去了吧？差点想不起来这回事了是吧？”

关澜强行岔开话题，伸手拥抱陈锦：“恭喜你。你今天可真漂亮。”

陈锦难得有点羞涩。

关澜：“你俩可算是修成正果了，我们围观群众都松了一口气。”

陈锦捶他一下：“就知道你漂亮话说不了两句。我们怎么着了，我们分分合合是玩情趣，碍着谁了？”

碍着我了呀！

你俩作天作地的，殃及的池鱼主要就是我呀！

结婚了就什么都忘了，你属金鱼的吧！

看在今天她大喜的分上，关澜大度地决定不跟陈锦翻旧账了，只是很贞烈地拂开陈锦的手：“小姐，你已经是有夫之妇了，我可不想再平白地做你老公吃醋的靶子了。”

陈锦掩面一笑，下意识地向新郎方向望去。像有心灵感应似的，杨佩青也向她看过来。

两个人相视一笑，又各自转过头去，继续跟客人寒暄。

关澜瞧他们的神情，心里对这对“作精情侣”的一点疑虑和不安也统统消散了。

哦，已经是“作精夫妇”了。

真爱在不同的人身上或许有不同的模样，但都是会从眼睛里透出来的。

陈锦走开去招呼别人，庄麟打趣关澜：“心里有点不是滋味吧？”

关澜：“说什么呢，难道你也怀疑我们纯洁的友情吗？”

庄麟："我不是说这个，单身狗。"

这三个字真是万箭穿心，关澜有点想跟这个人当场绝交。

原先的庄麟，每天对着他一脸幼犬似的孺慕之情，他说什么就是什么，多乖多萌啊；现在他事业起飞了，身价上去了，说话也变讨厌了。

关澜觉得自己像是一个没准备好迎接自己孩子青春期的老母亲。

庄麟："关老师不是要跟我说说巡演的事情吗？"

关澜拂袖："不想说了，你去踩坑吧，摔死你才好。"

庄麟忙拉住他："关老师，是我错了，我不会说话。你看我不也是单身狗吗？我们两个难兄难弟，谁也不脱单，一起'狗'到天荒地老嘛！"

"谁要跟你天荒地老！"

关澜跟陈锦说他准备了礼物，却不是假话。

仪式结束后的宴席舞会上，关澜走上台去，拿过了话筒。

"我今天来算是娘家的客人，但我跟新郎也是多少年的同事，老交情了。这两个人一路走来，他们的感情我都看在眼里，也算是一个特殊的见证人吧。

"不过给他们的礼物啊可真难准备，就像我一个朋友说的，他们什么好东西没见过呢？送什么都俗。金银器物再贵重，都配不上我们的交情。

"那么，我就送你们一首歌吧。其实呢我写歌虽然贵，可也是有行价的，虽然昨天刚刚有人说随我开价、要多少钱都行来着。我这个礼物，贵就贵在这现场演唱部分——我写过的歌很多，听我唱过的人可没几个呢。"

关澜最后笑着看向陈锦："新娘子你说，我这个礼物够不够分量？"

陈锦也笑，特别捧场：“够了够了，受宠若惊啊！”

庄麟坐在底下，想起关澜抱着吉他给自己唱歌的样子。

关澜说，听过他唱歌的人没几个。

这下子，陈锦、杨佩青也就罢了，在场的这些相干不相干的七姑八姨，可也都听过他唱歌了。

这下轮到庄麟心里不是滋味儿了。

一曲终了，关澜向新人致意：“祝你们幸福长久。”

陈锦笑道：“明年我们办周年，但愿你不要再一个人来咯！”

关澜被她噎得一窒：“我哪里是一个人来的，我不是跟庄麟一起来的嘛！”

陈锦看他的眼神里带了一些怜悯，浑身上下透着已婚人士的优越感：“好吧，你高兴就好。”

关澜愤愤：“结婚了不起啊！”

庄麟小声补刀：“就是了不起啊。”

关澜心口一痛。

婚宴结束，关澜、庄麟如约一起喝酒去了。

当晚，关老师喝多了，拖着庄麟又哭诉了半宿作为一个单身狗的血泪。

酒醒之后，关老师不得不又应下庄麟三首歌，作为这件事情的封口费。

关澜顶着宿醉后要炸裂的脑袋，看着陈锦发来的蜜月照片，痛苦地想：这场婚礼，实在是参加得太亏了。